조정래 대하소설

태백산맥

청소년판
3

조정래 대하소설

태백산맥

청소년판
3

제1부
한(恨)의 모닥불

조호상 엮음 | 김재홍 그림

해냄

민족의 숙원, 평화통일의 길

'통일이 안 되고 이대로 살아도 상관없다.' 그 수가 해마다 조금씩 늘어 최근에는 24퍼센트가 되었다. 이건 대학생들을 상대로 한 여론조사의 결과이다. 나는 이런 현상을 보며 무척 당황스럽고 몹시 두려움을 느낀다. 이 땅의 대표적인 젊은 지식층의 네 명중 한 명이 '굳이 통일할 필요가 없다.'고 생각하고 있으니 이게 어찌 된 일인가.

그 놀라움과 동시에 하나의 생각이 떠오른다. '그럼 청소년들은 어찌 생각하고 있을까!' 그러나 그 의문에 대한 응답은 없다. 왜냐하면 미성년자인 청소년들은 여론조사의 대상이 아니기 때문이다.

그러나 그 결과는 대충 짐작이 된다. 대학생들보다 그 비율이 높으면 높았지 낮지 않을 것이다. 청소년들은 대학생들에 비해 역사인식이 더 낮을 수밖에 없기 때문이다.

대학생들의 그런 반응은 꼭 그들만의 책임일 수는 없다. 국어와 역사 시간을 줄여 영어 시간을 늘리는 우리의 교육 문제부터 잘못되어 있는 탓이다. 역사 교육을 제대로 받지 못하고 있으니 우리 민족의 숙원이고 비원인 통일 문제마저 그렇게 소홀하게 여기게 된 것이다.

우리가 분단되어 서로를 적대시하고 살아가는 것만큼 큰 비극과 어리석음은 없다. 수천 년에 걸쳐서 한 민족으로 살아온 우리가 반으로 갈려 산다는 것은 허리를 반으로 잘려 사는 불구의 삶이나 다름없다. 반신불수의 삶, 그것처럼 큰 불행과 슬픔은 없다.

그 잘린 허리를 잇는 일, 그것이 소설 『태백산맥』을 통해서 하고 싶어 한 일이었다. 우리 한반도의 허리는 태백산맥이고, 그 '허리 잇기' 작업이 소설 『태백산맥』이라서 제목이 그렇게 정해졌다. 그 상징적 의미가 청소년 여러분에게 제대로 전해졌으면 좋겠다.

우리 한반도는 강대국들 사이에 끼어 있는 작은 땅이다. 그래서 우리 민족은 영원히 약소민족일 수밖에 없다. 그것은 우리의 힘으로는 피할 수 없는 일이기 때문에 우리의 운명인 것이고, 숙명이다. 그것처럼 슬프고 속상한 일도 없다. 그런데 우리가 남과 북으로 분단되어 있다는 것은 그 슬픔과 속상함을 더욱더 키우는 일이다. 우리가 약소민족으로서 그나마 좀 제대로 살아보려면 꼭 한 가지 방법밖에 없다. 그건 바로 통일이 되어야 하는 것이다. 통일이 되어야 불구의 삶을 면하는 동시에 우리의 힘이 커질 수 있기 때문이다.

청소년들은 너나없이 공부에 시달리느라고 소설을 읽을 시간이 없다. 그 잘못된 교육 제도를 일시에 뜯어고칠 수 없으니 조금이나마 시간 절약하며 쉽게 읽을 수 있도록 청소년판을 새로 꾸몄다. 아무쪼록 내일의 주인인 청소년들이 이 책을 벗 삼아 민족 통일의 필요성을 빠르게 인식하기를 간절히 바란다.

2016년 10월 22일

차례

제1부 한(恨)의 모닥불

※ 일러두기
조정래 대하소설 『태백산맥 청소년판』은 원작 『태백산맥』을 청소년의 눈높이에 맞춰 분량을 줄이고 내용을 다듬는 것을 원칙으로 하였습니다. 다만, 소설의 특성상 역사 속 사건들의 현재성을 유지하기 위해 원작에서 사용한 방언 및 어휘를 그대로 따랐음을 알려 드립니다.

21

탈주 제보

골목을 돌아서던 이지숙은 또 섬뜩하게 끼쳐 오는 인기척을 느꼈다. 미행이었다. 보통 키에 검은 편인 얼굴. 미행자는 벌써 이틀째 차가운 바람으로 몸을 휘감아 오고 있었다.

이틀……. 자신이 알아챈 게 이틀일 뿐 미행은 그 전에 시작되었을지도 모를 일이었다. 언제부터였을까. 침착하자, 냉정하게 생각하자. 그녀는 스스로에게 이르면서 시간의 갈피를 더듬기 시작했다. 하루 전, 이틀 전, 사흘 전, 나흘 전! 그녀는 한순간을 떠올렸다. 병원 앞에서 김범우와 마주친 뒤에 마주 걸어오던 청년단장. 온몸으로 쏟아져 오던 그 눈초리. 뱀에 감기는 것 같던 그 불길함.

그렇다! 그가 김범우에게 자신에 관해 묻고, 김범우는 아는 대로 대답하고, 토벌대장 앞에서 거짓말한 사실이 드러나고, 그래서 미행을 붙인 것이다! 정신이 아뜩했다. 그렇다면 미행은 이틀째가 아니었다.

　위험하다! 그녀가 내린 판단이었다. 그러나 행동의 변화를 보일 수는 없었다. 갑작스런 행동의 변화는 상대방에게 공격 신호를 보내는 것이나 마찬가지였다. 나흘 전부터 미행이 붙었다면 그동안 병원에 드나든 횟수만으로도 의심받기에 충분했다.

　이지숙은 교문을 들어섰다. 미행자의 발소리가 학교의 담이 꺾이는 부분에서 멈추었다. 교무실로 들어서며 그녀는 전화기부터 살폈다. 전화를 거는 사람은 없었다. 그녀는 자기 책상으로 가 앉았다. 열 명 넘는 선생들이 한곳에 몰려 떠들고 있었다. "햐아, 토벌대장 놈이 권총을 쑥 빼들었을 때, 나는 손 선생이 죽는구나 생각했소. 손 선생, 그때 심정이 어땠소?" "어허, 그리 물으면 무슨 대답을 헐 수 있었소. 그냥 정신이 없었겄제." 둘러선 선생들 사이로 손승호의 모습이 어릿거렸다. 비겁한 배신자, 한심한 감상주의자……. 그녀는 속으로 손승호에게 침을 뱉었다. 사회주의를 배신한 손승호가 어제 한 짓은 감상주의자의 충동적인 행위로밖에 여겨지지 않았다. 그녀는 조용히 일어나 전화기 쪽으로 갔다. 전화를 걸 좋은 기회였다. 배신자 덕을 보는 셈이었다.

"자애병원 대 주세요."

그녀는 교환수가 도청할 수 있다는 것을 염두에 두었다.

"이지숙입니다. 원장님 부탁합니다."

이런 위급 사태에 대비해 암호를 준비했어야 했다. 하지만 염상
진도 미처 거기까진 생각이 미치지 못한 모양이었다.

"안녕하세요, 원장님. 이지숙입니다. 염 선생님을 바꿔 주셨으
면 합니다."

"무슨 일 있습니까?"

원장이 금방 당황했다.

"별일 아닙니다만, 바로 좀 바꿔 주십시오."

"전화로 이거……."

전 원장도 교환수가 걸리는 게 분명했다.

"염려 안 하셔도 됩니다. 알아서 하겠습니다."

"기다리십시오."

이지숙은 '위험, 오늘 밤 안으로 피신', 이 간단한 한마디를 그대
로 전할 수가 없었다. 교환수도 문제고, 선생 중 누군가가 듣게 될
지도 모를 일이었다.

"나, 염이오."

마침내 울리는 짧은 목소리, 긴장감이 그대로 느껴졌다.

"담임 이지숙입니다. 제 말 잘 들으세요. 애가 성격이 위험해요.

오늘 시간이 없습니다. 오늘 밤 안으로 결정 내리세요. 언젠가 찾아뵙도록 하지요. 안녕히 계세요."

"고맙소."

저쪽에서 먼저 전화를 끊었다. 이지숙은 긴 숨을 내쉬었다. 아직 상처가 제대로 아물지 않은 몸으로 어떻게 할 것인가. 안창민의 핼쑥한 얼굴이 떠오르면서 눈앞이 흐려졌다.

들몰댁은 아이들에게 다리쉼을 시키느라 길가에 멍하니 앉아 있었다. 손가락 마디 하나 움직일 수 없을 것처럼 온몸이 무거웠다. 친정을 나설 때도 그랬다. 그러나 더 머무를 수가 없어서 몸이 다 나은 양 억지웃음을 피워 가며 두 아들을 앞세웠던 것이다.

말이 친정이지 아버지가 세상을 뜬 친정은 한 끼 밥을 얻어먹기에도 바늘방석이었다. 그 바늘방석에 누워 꼬박 이틀을 앓았다. 잡혀갈 때마다 아이들을 맡겨 양식을 축내고, 이번에는 앓아눕기까지 했으니 동생이나 동생댁에게 참으로 면목 없는 일이었다.

앓아누운 것은 잡혀가서 치른 곤욕 탓만은 아니었다. 갇혀 있을 때부터 등골에 오소소 찬바람이 일면서 몸이 안 좋았는데, 동생의 말을 듣고는 그대로 병이 나고 말았다.

14

"누님, 차마 내 입으로 말허기 괴로운디, 좌익 집안에는 내년부터 소작을 안 줄 모양이오."

어느 정도 예상한 일이었다. 그러나 어디까지나 불안함이었지 코앞에 닥친 일은 아니었다.

"누님, 너무 상심 마씨요. 산 입에 거미줄 치란 법 없응께 살아갈 궁리를 혀 봅시다."

소작을 부치고 사는 동생 처지에 무슨 방법이 있을 리 없었지만, 말만으로도 고마웠다.

들몰댁은 하늘을 바라보았다. 무슨 놈의 하늘이 저리 징허게도 푸를꼬……. 가슴에 서러움이 차올랐다. 맑은 하늘이 차츰 흐릿해졌다. 들몰댁은 눈을 훔쳤다. 손등에 눈물이 묻어났다. 내가 살아가야 할 고생길도 저 하늘처럼 끝이 없을 것이다…….

"엄니, 왜 우는가?"

큰아들 길남이가 나무라듯 말했다.

"아녀, 엄니가 왜 울어."

들몰댁은 황급히 눈을 훔쳤다.

"아부지 생각 혔제?"

"아녀, 아녀."

들몰댁은 길남이 쪽으로 얼굴을 돌리지 못한 채 몸을 일으켰다.

"엄니 맘 다 알어. 아부지 생각 허지 말어."

길남이는 화난 것처럼 말하고는
앞서 걸어갔다. 그 뒷모습에서 들몰댁은
얼핏 남편을 느꼈다. 하루가 다르게 추워지기 시작하는데 어느
산중에서 겨울을 지낼까. 소문으로는 조계산이라고도 했고, 지리산

이라고도 했다. 어느 산이든 가 볼 수 없기는 매한가지고, 몸이나 성하기를 빌 수밖에 없었다. 불현듯 저 산줄기를 넘어 남편을 찾아가고 싶었다. 두 아이만 없다면 정말이지 당장 찾아가고 싶었다. 어떤 고초를 겪더라도 함께 있고 싶었다. 그리고 함께 죽고 싶었다. 들몰댁의 꺼칠한 볼로 눈물이 주르륵 흘렀다.

사립문이 삐딱하게 열린 집 안은 찬바람만 가득했다. 쪽마루에는 먼지가 켜켜이 쌓여 있고, 마당에는 나뭇잎과 지푸라기가 널려 어지러웠다. 들몰댁은 방의 냉기를 없애려 아궁이에 불부터 지폈다.

"들몰댁, 언제 왔소?"

뒷집 구룡댁이 사립을 들어서며 반가워했다.

"어이 오씨요, 구룡댁."

들몰댁도 마당으로 나서며 구룡댁을 반갑게 맞았다.

"근디, 몸이 어째 이러시요. 소문대로 그놈들이 무작스럽게 혔는갑소이?"

구룡댁이 걱정하는 목소리로 말했다.

"그런 것이 아니라 몸살을 좀 앓았소."

"들몰댁같이 짱짱헌 사람이 어째서 몸살을 앓겠소. 그놈들한테 무작스럽게 당혔응께 그렇제."

구룡댁은 분한 얼굴이었다.

"어찌겄소, 다 팔잔디."

들몰댁은 쓸쓸하게 웃었다.

"누가 아요? 그 팔자가 양지 될지. 너무 심란허게 생각 마씨요."

"모르겄소. 어찌 될 팔잔지."

"마루를 닦을 참이었구만이라? 근디, 물이 없겄구만요?"

"인제 샘에 가야제라."

"몸 아프다면서, 내가 한 동이 가져올 것잉께 우선 그걸 쓰씨요."

구룡댁은 곧바로 돌아섰다. 마냥 잡혀 다니는데도 구룡댁의 마음은 변함이 없었다.

"근디, 아그들은 어딨소?"

구룡댁이 물동이를 이고 들어서며 물었다.

"방에 냉기 가실 때까지 불 쬐라고 아궁이 앞에 앉혀 뒀소."

들몰댁은 물동이를 받쳐 잡았다.

"그래서 찍소리 없었구만. 근디 들몰댁 없는 새에 길남이 아부지가 행여 올지도 모른다 싶어 밤마다 귀를 기울였소. 인제 영 안 올란갑제라?"

목소리를 낮춘 구룡댁의 말이었다. 그런데 그 말을 듣는 순간 들몰댁은 온몸에 소름이 쫙 끼쳤다.

"고것을, 고것을 누가 알겄소. 그 문딩이 같은 인종이나 알제."

들몰댁은 태연하려고 안간힘하며 일부러 '문딩이 같은 인종'이라고 야멸치게 말했다.

"일허씨요. 바쁜 일이 있어서 그만 가 볼라요."

구룡댁이 치마를 털며 일어섰다.

"물 고맙소. 잘 갑시다."

들몰댁은 그 짧은 말을 하는 데도 힘이 들었다. 치마 속에서 다리가 후들거리고 있었다.

왜 소름이 끼쳤는지 말로는 설명이 되지 않았다. 구룡댁의 말투가 달라진 것도 아니었다. 그런데도 그 여자가 정겨운 이웃이 아니라 무서운 감시자라는 판단이 머릿속에 박혀 온 것이다.

들몰댁은 구룡댁을 경찰의 끄나풀로 단정했다. 만나자마자 토벌대를 욕한 것도, 양지가 될지도 모를 팔자니 너무 심란해하지 말라던 위로의 말도 모두 함정이었다. 아이들이 어디 있느냐고 물은 것은 노골적인 감시였다. 들몰댁은 구룡댁이 경찰이나 토벌대, 청년단보다도 더 무섭게 느껴졌다. 무슨 짓을 허서라도 두 자식 안 굶길 팅께 꿈에라도 오지 마씨요. 들몰댁은 기도하듯 간절히 남편에게 말하고 있었다.

겨우 몸을 추스른 들몰댁은 미루어 둔 굿을 올리려고 다시 무당을 찾아 나섰다. 험하게 세상을 버린 시아버지를 고이 저승으로 모셔 드리고 나서 새로 살 길을 찾을 작정이었다.

무당집은 비어 있는 듯 조용했다. 댓돌에 놓여 있는 고무신이 겨우 사람이 있음을 알려 주고 있었다.

"누구 계신게라?"

들몰댁이 주인을 불렀다. 잠시 후 방문이 열렸다.

"그간 별고 없으셨는지……. 지를 알아보시겠는가요?"

들몰댁은 문 앞으로 다가갔다.

"전번에 오셨던……. 안으로 드시씨요."

소화는 들몰댁을 금방 알아보았다.

"칠동에 사는 들몰댁이라고 허느만요."

들몰댁은 방에 앉으며 인사했다.

"편히 앉으씨요. 전번에는 고마웠구만요."

소화도 지난 인사를 차렸다.

"근디 무슨 굿을 허실라고……?"

"시아부지께서 세상을 뜨셨는디, 제대로 저승길로 못 가시고……."

어쩐 일인지 들몰댁은 말을 제대로 할 수가 없었다.

"무슨 일로 돌아가셨는지 말해 보씨요."

"긍께, 고것이 뭣이냐, 저어……."

들몰댁은 지난 일을 다 말하기가 어려웠다.

"신령님 앞에서는 무슨 말을 혀도 흉 안 잡히고, 새 나가지도 않소. 숨기지 말고 다 말허씨요."

소화가 부드러운 눈길로 말했다. 들몰댁은 '신령님 앞'이라는 말에 마음이 놓였다.

"아그들 아부지가 요번 좌익들 난리에 앞장섰구만요. 결국 쫓겨가고 식구들만 남았는디, 좌익 손에 부모를 잃은 사람들이 좌익들 집을 찾아다니면서 매질을 혔구만이라. 시아부님은 그때……."

들몰댁은 더 말을 잇지 못하고 눈물을 훔쳤다.

소화는 여자의 우는 모습을 지그시 바라보고 있었다. 남편이 좌익이라는 사실만으로도 어쩐지 친근하게 여겨졌다.

"들몰댁, 곧 날을 잡아야겠소."

소화가 들몰댁의 손을 꼭 쥐며 말했다.

"어이구, 이거 김 선생 아니시오?"

순천행 기차를 기다리는 김범우에게 터무니없이 큰 소리를 내며 한 남자가 불쑥 다가섰다. 상업학교에서 무슨 주임을 맡고 있는 조한규였다.

"안녕하십니까."

김범우는 그와 얼굴을 마주하고 싶지 않아 의례적인 인사를 하고는 눈길을 돌렸다.

"어디, 순천 가시요?"

조한규는 자신을 꺼리는 눈치를 아는지 모르는지 가까이 다가

섰다.

"……예."

김범우는 마지못해 대답했다. 그는 일제 말에 조한규가 한 행위를 용서할 수 없었다. 학생들을 줄을 세워 신사참배를 다닌 열성은 접어 둔다 해도, 그는 두 학생을 가미카제 특공대로 설득, 자원시킨 공로로 표창을 받은 위인이었다.

"마침 잘되었소. 나도 순천 가는 길인 데다가 김 선생을 벌써부터 만날라고 혔소."

김범우는 대꾸하지 않았다. 무슨 일이냐고 물어 줘야 이야기가 될 텐데, 김범우가 반응을 보이지 않자 상대방도 말을 꺼내지 못했다.

기차에 오른 김범우가 자리를 잡고 앉았다. 조한규가 다른 자리로 가기를 바랐는데 그는 굳이 옆자리에 와 앉았다.

"저…… 혹시 손승호 선생헌테 무슨 말 못 들으셨소?"

조한규가 조심스럽게 입을 열었다.

"아니요."

김범우는 창밖을 내다본 채 말했다.

"요상허네, 언제 약속인데 여태껏 그 말을 안 전했을꼬……."

조한규는 고개를 갸웃거리며 혼잣말을 했다.

"김 선생도 알겠지만, 내년부터 5년제 중학이 중·고등학교로 나뉘게 됩니다. 그에 따라 우리 학교도 벌교중학교·벌교상업고등학교로 나뉘게 되었소. 그리 되면 선생이 많이 필요허지 않겠소? 그래 내가 손 선생을 만났던 거요. 손 선생도 자리를 옮기기로 허고, 김 선생헌테도 같이 일하자는 부탁을 전해 달라고 했소."

김범우는 묵묵히 앉아 있었다. 손승호가 그 말을 비치지 않은 것은 부정적으로 판단했기 때문이리라 싶었다.

"물론 전통 깊은 순천중학하고 새로 생기는 벌교학교는 그 차이가 클 것이오. 그래서 그냥 자리를 옮기라는 것이 아니라 교무과고 학생과고 맘에 드는 자리를 골라 과장으로 앉으라는 것이오."

김범우는 속으로 쓴웃음을 지었다. 과장 자리를 미끼로 나를 유혹하면 당신은 교감이 되기로 했나, 교장이 되기로 했나, 하는 짓으로 보아 그가 두 자리 중에 한 자리를 차지할 것은 틀림없어 보였다. 식민 시대를 더럽게 살아 낸 자가 이제 또 똑같은 몸뚱어리, 똑같은 목구멍으로 무슨 행동을 하고 무슨 소리를 지껄여 가며 학생들을 가르칠 것인가. 역전 쪽에 있는 상업학교는 일본인들이 경리 인력을 충당하기 위해 만든 학원 같은 학교였다. 그것을 정식 학교로 바꾼다는 것은 환영할 일이지만, 그 일을 조한규 같은 위인이 주도하고 있다는 사실이 문제였다.

김범우는 우울함으로 빠져들었다. 조한규는 하나가 아니었다.

또 다른 조한규는 수백만을 헤아릴 것이고, 그들은 사회 곳곳에서 조한규처럼 열성적으로 설쳐 대고 있었다. 그것이 해방 3년의 현실이었다.

"김 선생, 어찌하시겠소?"

조한규는 결정을 재촉했다.

"내가 지금 왜 순천에 가는지 아시오? 선생 노릇을 하기 싫어 사표를 내러 가는 참이오."

김범우는 엉뚱한 말을 내뱉었다.

"아니, 선생을 안 한다니, 그럼 뭘 헐 작정이오?"

"마땅하게 할 일도 없는데, 빨갱이질이나 할 작정이오."

"뭐요? 원, 객소리를 해도 유분수지……."

김범우가 자기를 야유하고 있음을 깨달았는지, 그의 얼굴은 험악하게 구겨졌다.

다른 자리로 옮겨 가는 조한규의 뒷모습을 바라보는 김범우의 얼굴에 공허한 웃음이 서렸다.

기차에서 내린 김범우는 학교로 갔다. 학교는 썰렁했다. 넓은 운동장에서 네댓 명의 학생들이 축구를 하고 있었지만 학교 전체를 에워싸고 있는 썰렁함을 지우지는 못했다. 학교 건물은 상처투성이였다. 유리가 깨져 나간 창틀이 흉물스러웠다.

김범우는 교무실 문을 옆으로 밀었다.

"아니, 김 선생 아니시오?"

"무사허셨군요, 김 선생."

"어서 오시오, 오랜만이오."

김범우가 교무실로 들어서자마자 서너 명의 선생들이 반갑게 인사를 건넸다. 그 반가워함에서 이번 사건의 격렬함을 새삼스레 느껴야 했다. 그건 단순한 반가움이 아니라 생명의 위기를 넘긴 사람들이 살아 있다는 사실을 확인하면서 느끼는 기쁨이었다.

김범우는 네 선생과 차례로 악수를 나누었다. 선우진을 뺀 세 선생은 이번 사건 이후 첫 만남이었다.

"말씀들을 나누셨던 모양인데 제가 방해했나 봅니다."

김범우는 원을 그리며 놓여 있는 의자들을 보며 말했다.

"이 선생과 선우 선생이 열띤 토론을 벌이던 중이었지요. 김 선생도 앉으십시다."

서근일 선생이 의자를 하나 끌어오며 말했다.

"무슨 토론을 하시던 중이었나요?"

김범우가 의자에 앉으며 물었다.

"뭐, 토론이랄 게 있습니까. 백날 떠들어 봐야 아무 소용도 없지요."

이명준은 자조적인 웃음을 흘렸다.

"이 선생, 우리 얘기가 쓸데없는 것만은 아닙니다. 이 선생은 공산주의가 싫어 목숨을 걸고 삼팔선을 넘어온 월남인들의 애국심을 인정하지 않았고, 공산주의 성향이 강한 소작인들을 오히려 두둔했습니다. 그런 사고방식은 교육적으로도 문제가 있습니다."

선우진이 정색을 하고 말했다.

"선우 선생의 말대로라면 내가 공산주의자가 될 수밖에 없는데, 옆에서 함께 들은 두 분이 없다면 날벼락 맞을 뻔했소."

이명준은 기가 차다는 표정이었다.

"아니, 내가 이 선생이 하지 않은 말을 지어낸 것처럼 말씀하시는데, 지주계급을 비판하고 토지개혁을 단행해야 한다는 주장은, 그럼 누가 한 말이오?"

선우진의 얼굴은 상기되어 있었다.

"그 말 내가 했소. 그래서 어쨌다는 거요?"

이명준이 목소리를 높였다.

"자, 그만들 합시다. 정치 얘기 하다가 괜히 점잖은 체면들 망치게 생겼소."

김경찬 선생이 두 사람을 막고 나섰다. 김범우는 두 사람이 무슨 이야기를 했는지 짐작할 수 있었다. 이명준은 사회 개혁 의식이 강한 사람이었다. 그러니까 선우진의 입장에서 보면 이명준은 공산주의자로 오해될 수밖에 없었다.

"이 선생님이나 선우 선생님은 서로 토론 상대로 마땅하지 않습니다. 선우 선생님은 주관적 경험이 너무 강하시고, 이 선생님은 객관적 논리가 너무 강하시거든요. 원래 토론에는 승부가 없는 법이니까 이쯤에서 끝내는 게 좋겠습니다."

김범우가 두 사람을 번갈아 보며 말했다.

"맞습니다. 토론은 그만 끝내시고 두 분 선생님, 일직 근무 잘하십시오. 이 선생, 갑시다."

서근일이 일어났다. 이명준도 따라 일어섰다. 김범우는 그제야 김경찬 선생과 선우진 선생이 일직 근무 중이라는 것을 알았다.

"이 선생은 아무래도 사상이 불온합니다. 김 선생은 어떻게 생각하세요?"

이명준이 자리를 뜨자 선우진이 기다렸다는 듯 말했다. 김범우는 선우진을 바라보며 조용히 웃었다. 공산당 피해 의식에 사로잡혀 있는 선우진이 딱하기도 하고 답답하기도 했다.

"내가 선우 선생한테 하고 싶은 말은, 선우 선생이 겪은 경험이나 피해를 입은 보복 감정만으로 현실을 파악하지 말라는 점입니다. 거기서 못 벗어나면, 사태를 오판하게 되고, 사람을 오해하게 됩니다. 사회 개혁이란 공산주의자들만 부르짖는 것이 아니고, 민주주의 사회에서도 얼마든지 부르짖을 수 있는 겁니다. 그리고 민주주의 사회를 이루려면 사회 개혁이 반드시 따라야 합니다. 우리는 해방을 맞았습니다. 해방은 우리에게 한마디로 '새 세상'이었습니다. 사람들은 이제야말로 살기 좋은 세상이 열리리라고 기대했습니다. 억눌리고 가난하게 살아온 사람들일수록 기대가 더 컸지요. 그 기대는 역사의 흐름에 따라 생겨난 필연적 결과였습니다. 생각해 보십시오. 우리의 역사가 어디로 가야 하겠습니까? 조선왕조로 돌아가겠습니까? 아니면 지주계급을 중심으로 해서 새로운 봉건 체제를 만들겠습니까? 어림없는 일입니다. 사람들은 결코 그것을 용납하지 않습니다. 만약 미·소가 남북을 분단시키지 않고 우리 스스로 해방을 맞았다 하더라도 결국 지주계급의 몰락은 피할 수 없었을 것입니다. 그것이 역사의 필연입니다. 그런데 미·소에 의해 남북이 분단되면서 이변이 생겼습니다. 그 이변은 바로 이남에서 일어났습니다. 집권을 노리는 자들과 지주계급이 뭉쳐 정치 세력이 된 것입니다. 그것은 역사의 흐름을 거스른 것이고, 사회의 기대에 대한 배반이었습니다. 그런데 이북은 선우 선생이 직접 겪었다시피 신속하게 사회 개혁을 했습니다. 이미 1946년에 사회주의적 개혁을 끝냈으니까요. 그리고 그들은 그것을 정치적으로 이용하기 시작했습니다. 이남 사회 밑바닥에 깔려 있는 불만을 공산 세력이 은밀하게 긁어 주고 자극하기 시작했으니 어떻게 되겠습니까. 이남에서는 지금까지도 농지개혁 법안이 국회에 상정도 안 되어 있습니다. 그러자 사람들은 공산주의의 유혹에 빠져들었습니다. 이 같은 사회 혼란을 막으려면 이남에서도 민주주의적 개혁을 단행했어야 합니다. 민주주의 사회는 지주계급을 보호해 주는 사회가 아닙니다. 진정한 민주주의를 이루려면 정당한 사회 개혁을 거쳐 지주계급도 한 사람의 시민이 되어야 합니다. 그런데 지주계급을 보호하고 있는 이남의 체제는 민주주의라는 허울을 쓴 봉건사회의 연장일 뿐입니다. 사회 개혁 없이 계속 이런 식으로 가게 되면 혼란은 점점 더 심해질 것입니다. 이번 사건도 군부에 침투한 소수 공산 세력의 책동으로 단순하게 보아서는 안 됩니다. 여수·순천만이 아니라 벌교·보성·조성·고흥까지 거의 동시에 공산 세력에게 장악당하지 않았습니까. 아까 이 선생이 한 말의 의미는 제2, 제3의 그런 사건을 막기 위해 사회 개혁을 해야 한다는 것으로 이해해야 합니다. 선우 선생, 이 선생을 오해하지 마십시오.”

“그건 당해 보지 않아서 하는 소리요! 당해 보지 않고는 절대로 몰라요. 난 우리 재산을 빼앗아 간 빨갱이 놈들, 그리고 소작인 놈들을 두고두고 저주할 것이오. 김 선생도 한번 빼앗겨 봐야 알아요. 지금은 말할 자격이 없어요.”

선우진이 부르짖었다. 그는 벌겋게 핏발이 돋은 얼굴로 부들부들 떨고 있었다.

“알겠소, 난 자격이 없다고 해 둡시다.”

김범우는 냉정하게 말하고는 의자에서 일어났다. 김경찬 선생과 눈이 마주쳤다. 그는 느리게 고개를 저어 보였다. 김범우는 김 선생에게 목례를 하고는 교무실을 나섰다. 괜한 말을 했다는 후회가 밀려왔다. 이명준 선생을 오해하지 않았다면 그렇게 긴말을 하지는 않았을 것이다.

김범우는 현관을 나서며, 나도 사상이 불온한 놈으로 찍혔군, 하고 생각하며 헛웃음을 흘렸다.

사상 운운한 이야기 탓인지 염상진이 떠올랐다. 사상이 투철한 염상진은 그 누구보다 행복할지 모른다. 그러나 그는 그를 따르는 사람들까지 행복하게 만들어 줄 수 있을까. 모든 여건은 염상진에게 불리해지고 있었다. 만약 좌절이 오면 염상진은 그때 자신을 따르던 사람들에게 뭐라고 말할까. 미 군정의 무력은 변함없이 신속성과 잔인성을 그대로 유지하고 있었다. 아니, 이번 사건에서 그 신속성과 잔인성은 더 커졌다. 남쪽에 그들 식의 단독정부를 세운 뒤로 처음 일어난 대규모 '반란 사건'인 데다가, 반란의 주축은 현역군인들이었다. 새로 세운 정부를 보호하기 위해 그들이 '반란'을 진압하는 데 총력을 기울인 것은 당연한 일이었다. 14연대의 조직적인 행동과 그에 호응한 지방조직들의 기민함도 놀랄 일이었지만, 그것에 대응한 미군들의 기동성과 무력행사 또한 놀라웠다. 비행기로 순천에 무차별 폭격을 가하고, 함대로 여수에 함포를 퍼부으면서, 가까운 지역의 군경을 투입한 입체 공격은 완

전한 전쟁이었다. 미 군정의 그런 가차 없는 공격 앞에서 14연대 병력이나 염상진의 조직은 얼마나 견딜 수 있을까. 공산주의를 뿌리 뽑으려는 미 군정에 맞선 남로당은 손실과 좌절을 거듭하는 이런 정면 대결밖에 할 수 없는 것일까. 북로당과는 정반대인 정치 상황 속에서 몸부림치고 있는 남로당의 괴로움은 말로 다 할 수 없겠지만, 새로운 방법을 모색하지 않는 한 그 운명은 풍전등화가 아닌가. 김범우는 그 생각을 하며 교문을 나섰다.

"단장님, 이지숙이 어제 오늘 병원에 발을 딱 끊었구만요."

"인제 병이 다 나은 모양이구나."

염상구가 건성으로 대꾸했다.

"근디 쪼깐 요상스런 것이 있단 말이요."

오칠성이 말투를 바꾸어 말했다.

"요상헌 것이 있으면 고것부터 싸게싸게 보고혀. 급헌 내 성질 몰라서 뜸 들이냐?"

염상구가 눈길을 돌렸다.

"병이야 시나브로 낫는 것이지 칼로 무 자르듯 딱 낫는 것이 아니잖은가비요? 하루에 두세 번씩 병원에 댕긴 것도 요상스럽고, 발을 뚝 끊은 것도 요상스럽고……."

오칠성의 목소리가 차츰 줄어들더니 어눌하게 변했다. 말을 하다 보니 점점 자신이 없어졌다. 그러나 염상구는 오칠성의 말에서 무언가 반짝 짚이는 게 있었다.

"오칠성이, 니 미행허다 들켰지야!"

염상구의 목소리는 차갑고 날카로웠다.

"아닌디요, 절대 아닌디요."

당황한 오칠성은 팔까지 내저었다.

"들켰으면 들켰다고 혀. 그래야 일이 쉽게 풀리제."

"아니랑께요. 거짓말혔다가 죽을라고 거짓말을 혀라?"

오칠성은 맹세라도 하듯이 말했다.

"니놈이 모르는 새에 고 백여시 같은 년이 눈치를 챘을 것이다!"

염상구가 벌떡 일어나며 소리쳤다. 오칠성은 질린 표정으로 뒤로 주춤 물러섰다.

"싸게 나가서 단원 셋을 불러들여!"

오칠성은 튕기듯이 사무실을 빠져나갔다.

염상구는 팔짱을 낀 채 생각에 잠겼다. 이지숙……, 능청스럽게 거짓말을 했었다. 미행을 붙일 게 아니라 바로 잡아다 조져야 하지 않았을까. 안창민과는 어떤 사일까. 연애하는 사이? 토벌대장을 찾아와 거짓말까지 할 정도면 연애만 하는 사이는 아니지 않느냐. 그럼, 빨갱이일까? 거짓말하는 배짱에 거만한 낯짝이 예사 물건은 아닐 듯싶었다. 어쨌거나 문제는 병원이다. 어디가 아팠을까. 정말 아프기는 했을까. 한번 의심을 품기 시작하면 끝장을 보고야 마는 그의 성미에 불이 당겨지고 있었다.

"다, 단장님, 다 모였는디요."

오칠성이 말을 더듬었다.

"지금부터 명령 똑똑히 들어. 오칠성이허고 느그 둘!" 염상구는 검지손가락으로 두 부하를 가리키고는 "느그들은 자애병원 간호원을 쥐도 새도 모르게 잡아 와. 만일 못 잡아 오면 느그들 셋은 내일 아침 뻘밭에 짱뚱이 밥으로 꺼꾸로 쑤셔 박혀 있을 끼여."

34

염상구의 목소리에 잔인기가 끈적였다.

"그라고 니, 방만복이."

"옛!"

"니는 이지숙이가 꼼짝 못허게 지키고 있어."

"옛!"

"전원 행동 개시!"

네 명의 단원은 다투듯 밖으로 몰려 나갔다.

염상구 앞으로 끌려온 간호원은 이미 하얗게 질려 있었다. 염상구는 그런 간호원을 보고 무언가 감추는 게 있음을 직감했다. 간호원의 모습은 단순히 겁을 먹은 게 아니라 배짱 없는 범죄자가 드러내게 마련인 범죄의 냄새를 풍기고 있었다.

"저년을 벽에 뽀오짝 붙여 돌려세워라."

염상구가 느릿하게 말했다. 길게 늘인 '뽀오짝'이라는 말이 잔인스러웠다. 두 부하가 간호원을 돌려세워 벽에 바짝 밀어붙였다.

"오칠성이, 중국집에 가서 무를 큰 놈으로 하나 구해 오니라."

염상구가 명령했고, 오칠성은 곧 장딴지만 한 무를 가지고 들어왔다.

"그것을 책상 위에 잘 모셔 올려라."

염상구가 턱으로 책상을 가리켰다.

"그라고 저년을 책상 앞에 끌어다 세워."

염상구의 말이 떨어지기 무섭게 부하들이 재빨리 움직였다. 책상 앞으로 끌려온 간호원은 아랫입술을 꼭 물고 있었다. 그런데도 입술은 계속 떨리고 있었다.

염상구는 느릿느릿 가죽 장갑을 끼었다. 그리고 서랍에서 자전거 체인을 꺼내 오른손에 한 번 감았다. 그리고 천천히 걸음을 옮겼다. 그가 걸음을 옮길 때마다 축 늘어진 두 줄의 체인이 무겁게 흔들렸다.

"고개 들고 날 똑똑히 봐!"

염상구의 목소리는 낮았지만 위압적이었다. 간호원이 고개를 들었다. 두려움에 떨고 있는 그녀의 눈에 눈물이 번져 있었다.

"이지숙이를 족쳐서 느그가 무슨 짓을 혔는지 다 알아냈응께 좋은 말로 헐 때 다 불어야 써. 만일에 거짓말을 허면!"

기합이라도 넣듯 염상구의 목소리가 갑자기 커지면서 체인이 책상 위의 무를 내리쳤다. 놀란 간호원은 알아들을 수 없는 짧은 소리를 토하며 푹 주저앉았다. 염상구의 눈짓에 따라 두 부하가 간호원을 일으켜 세웠다. 체인에 얻어맞은 무는 흰 살을 튕겨 낸 채 반 가까이 패어 있었다. 손을 입에 문 채 무를 내려다보고 있는 간호원은 두 다리를 비비 꼬았다. 오줌이 쏟아지고 있었던 것이다.

"거짓말을 허면 몸뚱이가 요리 될 것이여. 허나 순순히 불면 손 안 대. 니는 불기만 허면 죄가 없어. 니야 증인 노릇만 허면 되는 것잉께."

염상구가 간호원의 눈을 노려보며 말했다.

주여, 이 고난을 이길 힘을 주시고 사태를 정확하게 판단할 수 있는 힘을 주소서. 제가 유혹에 빠지지 않게 이끌어 주소서. 주여……

그녀는 혼신의 힘을 다해 기도했다. 공포와 두려움을 이겨야 했고, 정신을 가다듬어 상황 판단을 정확히 해야 했다. 자신이 입을 잘못 놀리면 많은 사람이 곤욕을 치르게 되는 것이다. 정말 이지숙 선생이 모든 걸 털어놓았을까. 믿어지지 않았다. 그런데…… 이들은 어떻게 이지숙 선생을 알아냈을까.

"이지숙이 자백헌 말허고 니 말허고 대조헐 것잉께 있는 그대로만 말혀. 자, 싸게 입 열어!"

그녀는 판단을 내릴 수가 없었다. 이들이 이지숙 선생을 들먹이는 것을 보면 다 알고 있는 것 같고, 무조건 말하라는 것을 보면 넘겨짚는 것 같기도 했다. 그녀는 자백할 때 하더라도 피할 수 있는 데까지는 피해 보리라고 생각했다. 그러다 보면 정확한 판단이 생길지도 모른다 싶었다.

"아, 싸게 불어."

"이지숙 선생은 몸이 아파 병원에 다니신 것뿐인데 왜 그러십니까?"

그녀는 간신히 이렇게 말했다. 염상구가 콧방귀를 뀌었다. 염상구는 진작부터 그런 말이 나오리라고 예상하고 있었고, 그 거짓말에 대처할 방법까지 준비해 둔 참이었다.

"내 말이 장난으로 들기냐? 니가 시집도 못 가 보고 신세를 망치고 싶은 모양이구나. 야들아, 저년 옷을 홀랑 벗겨라."

"엄니!"

그녀가 비명을 토하며 두 팔로 가슴을 감쌌다. 두 부하가 그녀에게로 거칠게 달려들었다. 그중의 한 명이 쿵 소리가 나게 엉덩이를 마룻바닥에 찧으며 나동그라졌다.

"저 자식 무슨 지랄이여!"

염상구가 사납게 소리쳤다.

"워메, 오줌을 질편허니 싸 놨구만이라."

넘어진 사내가 투덜거리며 일어섰고, 그녀는 두 손으로 얼굴을 가리고 서 있었다.

"뭣들 혀. 싸게 벗겨!"

염상구가 체인으로 책상을 내리쳤다. 넘어졌던 사내가 그녀의 어깻죽지를 잡아 낚아챘다. 저고리가 북 찢겨 나갔다.

"엄니, 엄니, 다 말헐라요, 다 헐라요."

그녀는 울부짖으며 두 손바닥을 비볐다.

"누구 앞에서 거짓말을 혀. 야들아, 옷을 안 벗기면 또 거짓말을 헐 것잉께 홀랑 다 벗겨라."

"아니어라, 다 말허겄소. 참말만 허겄소."

그녀는 마치 미치기 시작하는 것처럼 몸부림치며 팔딱팔딱 뛰었다.

"참말만 허겄으면 싸게싸게 혀. 야들아, 옷을 벗겨!"

한 사내가 치마를 잡아챘다. 치마가 찢어졌다.

"부상당한 안창민 선생을 치료했어요."

울음과 함께 그녀가 토해 낸 말이었다.

"뭣이여!"

염상구는 어리둥절했다. 너무나 상상 밖의 말이었다. 그러나 다음 순간, 확 불꽃을 일구며 그의 뇌리를 치는 기억이 있었다. 그날 밤의 습격이었다. 그랬었구나!

"병원으로 출동이다. 총들 잡어!"

염상구가 무기고의 자물쇠를 따며 소리쳤다. 그들이 제각기 총을 들고 뛰쳐나가 버린 사무실에서 그녀는 몸부림치며 울고 있었다. 그리도 쉽게 속아 넘어간 자신의 어리석음을 용서할 수가 없었다.

22

병원 사건

전명환 원장과 이지숙 선생이 체포되면서 사건은 다 드러났다. 그 소문은 다음 날로 읍내에 속속들이 퍼졌다. 사람들은 사건 처리에 관해서는 의견이 달랐지만, 전 원장에 대해서는 하나같이 죄가 없다고 입을 모았다. 그러나 그건 어디까지나 전 원장이 얻고 있는 인심일 뿐, 그리 간단한 문제가 아니었다.

안창민을 치료한 사실에 대해 전 원장은, 사상 이전에 한 인간을 치료해야 하는 의사 노릇에 충실했을 뿐이라고 증언했다. 경찰이 그 말을 인정해 준다 해도 전 원장은 또 다른 함정에 빠져 있었다. 의사로서 시술을 할 수는 있다 해도 범죄자의 도주를 도왔으며, 며칠 동안 염상진을 묵게 함으로써 범죄자를 은닉한 것이었다. 이 범죄 성립의 함정에서 전 원장은 빠져나올 도리가 없었다.

유치장에 갇힌 뒤 전 원장은 자신이 아닌 이지숙 문제로 계속 심문을 받았다.

"점잖은 분한테 폭력을 쓸 수도 없고, 솔직하게 불고 빨리 끝내는 것이 서로 좋지 않겠소? 나도 살 찢어지고 뼈 부러지는 소리 듣기 좋아하는 사람 아니오."

전 원장과 마주 앉자마자 토벌대장이 한 말이었다. 전 원장의 가슴에는 그 말이 예리한 칼날이 되어 박혀 왔다.

"이지숙이 빨갱이인 줄 알았지요?"

어제 형사부장이 물었던 것과 똑같은 질문이었다.

"몰랐습니다."

"그럼, 뭔지 알았소?"

"안 선생과 애인 사이로만 알았습니다."

"이거 보쇼, 의사 양반. 빨갱이 새끼를 선생, 선생 하지 마쇼."

"……."

"당신은 지금 거짓말을 하고 있어. 이지숙이한테 연락했을 때 당신은 벌써 그것들이 한패라는 걸 알고 있었어. 그렇지 않고서야 어떻게 피를 뽑으라는 연락을 할 수 있느냐 말야."

토벌대장의 말은 '의사 양반'이 '당신'으로, '존대'가 '해라'로 바꿰어 있었다.

"환자가 위급해서 연락을 했지, 이 선생이 한패라는 것을 알고 그런 것은 아닙니다."

"이봐, 선생, 선생 하지 말랬잖아!"

토벌대장이 눈을 치뜨며 소리쳤다. 전 원장은 가늘게 한숨을 내쉬었다.

"그럼, 아직 시집도 안 간 년이 제 피를 뽑아 사내놈 몸속에 넣겠다는데도 이상한 눈치 못 챘어?"

"그야 애인을 위해서……."

"시끄럿! 세상이 아무리 망조가 들었어도 시집 안 간 여자가 어떻게 사내한테 피를 뽑아 줄 수가 있어?"

임만수의 가슴은 서서히 달구어지고 있었다. 그런데 찬물을 끼얹는 말이 스쳐 갔다. "거짓말할 사람이 아니니 절대 손을 대진 마시오. 그 사람을 폭행했다는 소문이 퍼지면 오히려 우리가 곤란해집니다." 서장의 말이었다. 임만수는 맥이 빠졌다. 심문이란 그런 제약을 받아서는 할 맛이 나지 않는 법이었다.

"이지숙이 안창민이나 염상진하고 주둥아리를 놀렸을 텐데, 그때도 눈치를 못 챘단 말인가?"

"염상진하고 이지숙은 초면인 것이 분명했지요. 그리고 그들은 사상 얘기는 하지 않았어요."

전 원장은 '선생'이라는 호칭을 붙이지 않으려고 애쓰며 말했다.

"그건 그렇다 치고, 이지숙이 전화를 걸어왔을 때도 아무 눈치를 못 챘단 말인가?"

"염상진을 바꿔 달라고 했을 때 뭔가 위급한 사태가 벌어졌나 보다 하는 느낌이었지요. 그렇지만 이지숙이 좌익일 거라는 의심은 하지 못했어요."

사실 전 원장은 이지숙이 좌익일 거라는 낌새를 전혀 챌 수 없었다.

"당신은 그저 고름이나 짜고 배나 째면서 살 사람이구만. 세상이 어떻게 돌아가는 줄도 모르고 빨갱이 치료나 해 주고 앉았으니, 원. 이번에 쓴맛을 보고 나면 철이 들겠지."

임만수는 취조장을 탁 덮으며 일어섰다. 전 원장의 가슴을 찬 바람이 휩쓸고 지나갔다. 얼마쯤 불안하기는 했지만 사태가 이렇게까지 번질 줄은 몰랐다. 염상진을 왜 며칠씩이나 은닉시켰으며, 그들이 도주한 다음에도 왜 사건을 감추었느냐는 대목에서는 도무지 할 말이 없었다.

같은 때에 이지숙은 불타 버린 경찰서의 지하실에서 고문 취조를 당하고 있었다. 그 지하실은 일정 때부터 고문 취조실로 쓰던 곳이었다. 건물이 불타 못 쓰게 되었지만 불길이 닿지 않은 지하실은 그대로 남아 있었다. 천장 쇠고리에 연결된 밧줄에 두 팔을 위로 묶인 채 이지숙은 축 늘어져 있었다. 두 팔이 위로 묶이면서 저고리가 따라 올라가 그녀의 상체는 맨살이 드러났다. 거기에는 매질로 생긴 검푸른 피멍이 쭉쭉 그어져 있었고, 저고리와 속곳 여기저기에 피 얼룩이 묻어 있었다. 머리를 깊게 떨군 그녀는 미동도 없었다.

"어쩌요?"

염상구가 형사부장 장길춘에게 한껏 낮춘 목소리로 물었다. 그는 밖에서 방금 돌아온 참이었다.

"아닌갑네."

장길춘이 고개를 저었다.

"제기랄, 저것이 참말로 아닌께 아니라고 허는지, 독종이라 불지를 않는지, 고걸 모르겠응께 사람 환장허겄단 말이요."

"아마 아닐 것이네."

"허면, 성님 이름으로 조서 쓰고 도장 찍을 자신 있소?"

"워따 사람 겁 먹이지 마소."

"긍께 확실헌 증거 없으면 쓰잘 데 없는 소리 말란 말이요."

"우리끼리 허는 말인디, 다루다 보면 맘에 잡히는 것이 있지 않더라고?"

"저것이 아직 덜 아픈 것 아닐께라?"

염상구가 가는 눈으로 이지숙을 날카롭게 쏘아보았다.

"자네 매질이나 내 매질이 어디 솜방망이간디?"

"허기는 그렇제라."

염상구는 고개를 갸웃했다.

"저것 말대로 그냥 '사랑허는 사이'일 것이네. 사랑이 뭔디 빨갱이헌테 피까지 빼 주면서 저 꼴을 당허는지, 원."

"내 맘은 성님허고는 다르요. 내가 새로 한판 돌려 볼 것잉께 성님은 숨 좀 돌리씨요."

"새로 한판 허는 것도 좋은디, 저것이 여자라는께 비행기를 태울 것이여, 고춧가루 물을 먹일 것이여, 그렇다고 손톱 밑을 뜰 것이여. 참말로 지랄이랑께."

"암만 생각혀도 빨갱이 냄새가 폴폴 난다니께요. 미행을 눈치챈 것도 그렇고, 번개 치듯 도망시킨 것도 그렇고."

"이 사람아, 저것이 선생인디 그런 머리도 못 쓰겄는가."

듣고 보니 그럴 것도 같았다. 염상구는 마음이 흔들렸다.

두 사람은 목소리를 낮추어 이야기를 했지만, 그 이야기에 온 신경을 집중하고 있는 이지숙의 귀에는 그 대화가 빠짐없이 잡혔다. 그녀는 제발 이 상태에서 끝나게 해 달라고 빌었다. 그동안 견뎌 낸 고문도 죽을힘을 다한 것이었다. 고문을 견디지 못하면 바로 죽음이라는 명백한 사실을 어금니에 맞물고 고통과 싸웠다. 그런데 또 고문을 당한다면……. 그녀는 차라리 죽는 게 낫다고 생각할 만큼 자신감을 잃고 있었다.

　"아, 여기서 그만 끝내자니께."

　장길춘이 답답하다는 듯 큰 소리로 말했다.

　"성님 먼저 가씨요. 비행기를 태우든, 고춧가루 물을 먹이든, 손톱 밑을 뜨든, 다 알아서 헐 것잉께."

　염상구는 윗도리를 벗어젖혔다.

　"더 혀 봐야 사랑헌 것뿐이라는 말밖에 더 듣겄어? 허면 나 먼저 갈라네."

　이지숙은 견딜 수 없던 고통이 되살아나 바들바들 떨었다.

철문 닫히는 소리가 나고 구둣발 소리가 가까워지더니 커다란 손이 우악스럽게 턱을 낚아챘다. 청년단장의 살기 어린 얼굴이 다가와 있었다.

"살려 주세요. 저는, 저는 빨갱이가 아네요. 그 사람을 좋아했을 뿐예요."

그녀의 눈에서 눈물이 흘러내렸다.

"요런 썩을 년아, 니는 틀림없이 빨갱이여. 세상 사람 눈을 다 속여도 내 눈은 못 속여. 알겠어!"

'알겠어!' 하는 외침과 함께 그녀가 '악!' 소리를 토했다. 염상구가 무릎으로 그녀의 아랫배를 걷어찬 것이다.

"맛이 워뗘, 한 방 더 먹어 보겄어?"

그녀의 귀에 염상구의 말이 가물거리고 있었다. 그녀의 눈은 흰 자위로 거의 차고 입에서는 붉은 침이 흘러내렸다. 그녀는 한참 만에 정신을 차렸다.

"저는 아닙니다. 저는 빨갱이가 아닙니다. 살려 주세요."

그녀는 아랫배가 찢어지는 듯한 통증을 무릅쓰며 애걸했다.

"오냐, 누가 이기나 보자. 니가 실토허게 헐 방법은 얼마든지 남었응께."

염상구는 이렇게 말하면서도 자신이 잘못 짚고 있나 하는 의문이 일기도 했다. 그러나 보통 그만큼 고문을 당하면 헛소리라도 자백을 하게 마련이었다. 그러고 나서 제정신이 들면 다시 부인하게 마련이었다. 그런데 이지숙은 전혀 그러지 않았다. 그 점이 신경에 거슬렸다.

염상구는 이지숙의 손목에 묶인 밧줄을 풀었다. 그녀는 허물어지듯 시멘트 바닥에 쓰러졌다.

김범우는 소화다리를 건너고 있었다. 겨울 철새 무리가 철교 너머로 낮게 드리워진 암회색 하늘을 날아가고 있었다. 김범우의 마음이 무겁도록 우울했다. 전 원장 때문이었다. 그의 행동은 충분히 이해할 수 있었다. 그러나 이번 사건은 사적인 입장으로 설명되거나 해결될 일이 아니었다. 김범우의 우울은, 전 원장에게 자신이 도움을 줄 수 없다는 데 있었다. 지금 경찰서를 찾아가는 것도 조사 결과를 알아보고 면회하는 것 이상이기 어려웠다.

"좌익 은닉과 도주 협조가 사실이니 어쩔 도리가 없습니다."

경찰서장은 신중하게 말했다.

"어려우신 입장 잘 알고 있습니다. 제 부탁은 사건을 덮어 달라는 것이 아니라, 조서라도 잘 꾸며 주시라는 겁니다."

"조서를 좋은 쪽으로 쓰려고 노력하고 있습니다만, 도움이 될 만한 어떤 구체적 사실을 생각하고 계신지……."

경찰서장이 조심스럽게 말머리를 돌렸다. 김범우는 미리 생각해 둔 말을 꺼냈다.

"은닉과 도주가 전 원장이 스스로 한 게 아니라 협박 때문이었다고 밝혀 주시면……."

"……."

서장은 보일 듯 말 듯 고개를 끄덕였다. 두 사람 사이에 잠시 침묵이 이어졌다.

"전 원장을 만나 보시겠습니까?"

서장이 불쑥 한 말이었다. 그 순간, 김범우는 서장의 의도를 퍼뜩 깨달았다.

"고맙습니다. 만나지요."

김범우는 의자에서 일어났다.

"뭐하러 오셨습니까, 김 선생. 이거 참, 면목 없게 됐어요."

수척해진 전 원장이 김범우를 보자마자 한 말이었다.

"원장님도 혁명 영웅이 될 욕심이 있었던 모양이지요?"

김범우가 능청스럽게 한 말이었다. 전 원장은 쑥스럽게 웃었다.

"원장님, 중대한 얘기가 있습니다."

김범우가 목소리를 낮추었다.

염상진이 안창민을 조계산 숯막까지 옮기는 데는 꼬박 이틀이
걸렸다. 안창민을 들쳐 업은 염상진으로서는 필사적인 탈주였다.

이지숙의 전화를 받은 염상진은 곧바로 피신에 나섰다. 이지숙
의 말은 엉뚱했지만 위기 상황을 알리는 데는 완벽했다. 염상진
은 전 원장에게 바로 피신하겠다고 알렸다. 긴장한 표정의 전 원
장은 말없이 앞장섰다. 입원실을 나와 안채로 갔고, 전 원장은 대
청마루 구석의 마룻장을 들어 올렸다. 일정 때 만든 방공호가 나
왔다. 안창민을 그곳에 옮겨 놓고 밤이 오기를 기다렸다. 출발에
앞서 전 원장이 조그만 보퉁이를 내밀었다. "약이오." 병원을 떠
날 때까지 전 원장이 한 말은 그 짧은 한마디뿐이었다. 그러나 그

짧은 한마디는 오래도록 메아리로 울렸다. '가슴 저리게 고맙다.'
는 말이 무슨 말인지 알 것 같았다.

안창민을 업고 오금재를 넘어 은신처에 당도했을 때는 희번하
게 하늘이 열리고 있었다. 안창민을 내려놓은 염상진은 잠에 파
묻혀 버렸다.

"광조, 요 여시 같은 놈, 가랑이를 찢어 놓을 것잉께 싸게 나와!"

한 여자가 고래고래 악을 쓰며 사립을 들어섰다. 여자는 대여
섯 살쯤 돼 보이는 사내애의 손을 잡고 있었다. 사내애는 징징 울
고 있었다.

몸져누워 있던 죽산댁은 퍼뜩 잠을 깼다.

"참말로 못 나오겄냐, 요 찢어 죽일 빨갱이 자식 놈아. 정 안 나
오면 내가 찾아내겄다. 찾기만 허면 아주 모강뎅이를 비틀어 뿔
거이다."

죽산댁은 벌컥 화가 치밀었다. 어떤 년이 집 안에까지 뛰어들어
욕을 퍼지른단 말인가. 죽산댁의 성질을 돋운 것은 '빨갱이 자식
놈아.' 하는 욕이었다. 남편이 빨갱이질 하는 것만도 치가 떨리는
데 아들까지 싸잡아서 빨갱이를 만들고 있지 않은가. 애비가 빨
갱이라고 어찌 새끼까지 빨갱이일 것인가.

"오냐! 니년이 누구냐. 불쌍헌 우리 새끼 빨갱이로 모는 니년 가

랑이를 내가 먼저 찢을란다!"

죽산댁이 느닷없이 외치며 지게문을 박차고 뛰쳐나갔다.

"오냐? 빨갱이 계집년이 바로 방구석에 처박혀 있었구나. 이년
아, 싸게 나오니라!"

토방으로 뛰어내리는 죽산댁에게 쏟아진 욕이었다. 죽산댁은 멈
칫했다. 민 순경의 마누라 보성댁이 독을 뿜고 서 있었던 것이다.

"내가 바로 니년 새끼를 빨갱이로 몰았다. 어디, 내 가랑이를 찢
어 봐라. 니년 남편 손에 우리 남편이 죽었듯이, 인제 니년 손에
내가 죽어 보자."

죽산댁은 곧바로 기가 꺾이고 말았다. 보성댁의 남편 민 순경은
이번 난리통에 죽었다. 남편 부하들의 총에 맞았으니 남편이 죽
인 것이나 마찬가지였다. 남편을 죽게 했으니 그 앞에서 무슨 말
을 하랴.

"아, 어서 찢어! 호랭이라도 잡을 듯이 쫓아 나오더니 왜 요러고
섰어. 아, 얼렁 찢어 보랑께!"

보성댁은 주먹을 부르쥐며 악을 썼다.

"보성댁, 어째 이래쌓소. 조단조단 말을 혀 보씨요."

"위따, 사람 속에서 불덩이가 끓는디 조단조단 말을 허라고? 시
방 눈구녕으로 보면 모르냐. 느그 새끼, 고 광존가 빨갱이 새긴가
가 우리 세훈이를 팬 것이여. 고놈 손모가지를 뚝뚝 분질러 뿔라

고 왔다!"

보성댁은 부드득 이빨을 갈았다.

"참말로 그 자식이 못된 짓 혔소. 요 일을 어째야 쓸께라."

죽산댁으로서는 정말 면목이 없었다. 차라리 보성댁 아들한테 맞고 오는 게 속 편할 일이었다.

"어쩌기는 뭘 어째, 그놈의 새끼를 내놔!"

"지금 집에 없소."

죽산댁은 속으로 안도했다. 만약 집에 있다면 말대로 손목이야 부러뜨릴까마는 볼이라도 두어 차례 얻어맞을 것이었다.

"무슨 소리여, 시방! 쥐새끼같이 집 안으로 도망치는 것을 똑똑히 봤는디. 고런 뻔헌 거짓말 헐겨? 에미까지 지랄허면 니년 죽고 나 죽는 겨!"

보성댁은 당장 머리채라도 쥘 것처럼 두 팔을 치켜들며 부르르 떨었다.

"내가 거짓말허는지 보성댁이 찾아보씨요."

죽산댁이 옆으로 비켜서자, 보성댁은 곧바로 토방으로 올라섰다.

"워메, 요런 여시 같은 놈이 어디 숨었당가. 산 잘 타고, 도망 잘 댕기는 즈그 애비 닮아서 잘도 숨었구만. 영락없이 빨갱이 자식은 자식이다."

　보성댁은 마치 실성한 것처럼 중얼거리며 방 안이며 부엌을 뒤
지고, 다시 헛간으로 달려갔다.

　"워메, 요 여시 같은 새끼가 어디 숨었으까이. 사람 복통허고
죽을 일이시."

　헛간을 뒤지고 나오면서 보성댁은 발을 굴렀고, 진작 울음을
그친 그녀의 아들은 무료한 얼굴로 서 있었다.

　"그놈을 찾으면 내가 보성댁 앞으로 끌고 가겠소."

죽산댁은 다행스러움과 미안함이 섞인 마음으로 말했다.

"분 까라진 다음에 그놈을 보면 뭐허란 것이여. 지금 눈앞에 있어야 귀싸대기를 치든지 대갱이를 쥐어박든지 혀서 분풀이를 허제."

보성댁의 화는 어느 만큼 가라앉아 있었다.

"참말로 미안스럽소. 다시는 이런 일 없도록 단도리허겄소."

죽산댁은 진심으로 사과했다.

"빨갱이 집안허고 순사 집안은 상극잉께 다시는 우리 아들허고 못 놀게 맹글어. 빨갱이는 문딩이만도 못헌 종자들잉께."

보성댁은 살기 돋는 모습으로 말하고는, 퉤 침을 내뱉었다. 죽산댁은 그만 불길이 치받쳐 올랐다. 그러나 그 불길에 찬물을 끼얹었다. 내 남편이 저 여자 남편을 죽였다……

"가자, 요 빙충이야. 인제 니는 평생을 애비 없이 살아야 혀. 긍께 남들보다 독허고 사납고 야물딱져야 혀. 진돗개맹키로 독허고 사나워지란 말이여. 알아먹겄어?"

보성댁이 아들의 손을 잡고 사립을 나서며 소리쳤다.

광조는 한참 만에야 뒤란 쪽에서 헤헤거리며 뛰어나왔다.

"워메, 니 어디 있었냐?"

죽산댁은 놀라며 빠르게 사립 쪽을 살폈다.

"잉, 정재(부엌)에 숨어 있었는디, 그대로 있으면 잡힐 것 같아서

뒷문으로 살짝 나가 뒷집 대밭으로 내뺐어. 엄니, 나 똑똑허제?"

광조는 엄지손가락을 세워 보이며 으스댔다. 눈치 빠르게 피한 아들이 대견했지만, 잘했다고 칭찬할 수는 없었다.

"니 어째서 세훈이를 때렸냐?"

죽산댁은 엉뚱한 쪽으로 말을 돌렸다.

"때리고 싶어 때렸간디? 세훈이 그 새끼가 자꾸, 느그 아부지 빨갱이, 느그 아부지 빨갱이, 그러면서 놀이에 못 끼게 허는디 어째."

죽산댁은 아들이 더없이 가엾고 안쓰러워 아들을 꼭 끌어안았다. 슬픔과 서러움이 복받쳐 올랐다.

"광조야."

"으응?"

"니 엄니허고 약속허자."

"무슨 약속."

"앞으로는 세훈이허고 안 놀겄다는 약속."

"……알겄어. 엄니가 허라면 헐께."

"그려, 그리고 세훈이가 놀려도 못 들은 척혀라."

"아부지를 욕허는디도?"

"그려, 못 들은 척혀."

"……."

"대답혀. 요것도 약속잉께."

"……알겠어."

광조의 목소리가 울먹였다. 죽산댁의 눈에서 눈물이 주르륵 흘러내렸다.

경희와 성일은 순천행 기차에 나란히 앉아 있었다. 성일이가 서울로 돌아가는 경희를 기차를 갈아타는 순천역까지 전송하러 가는 길이었다.

경희는 역까지 따라 나온 어머니를 생각하고 있었다. 어머니는 놀랄 만큼 강해져 있었다. 눈물 같은 것은 비치지도 않았다. "건강허고 공부만 열심히 해라." 어머니는 아버지가 하던 말을 그대로 대신했다. 그 말에는 '모든 것은 내가 알아서 하겠다.'는 어머니의 각오가 담겨 있었다. 어머니는 이제 억지로라도 억세어지지 않을 수 없었다. 여자는 약하나 어머니는 강하다—어머니의 앞으로의 생애를 상징하는 말이었다. 앞으로의 어머니 생애에는 여자로서의 삶은 없고 어머니로서의 삶만 남아 있는지도 모른다. 그건 얼마나 삭막하고 불행한 삶인가. 어머니를 힘겹게 할 서울 유학을 계속해야 할까……. 이미 그 길을 떠나고 있으면서도, 경희는 무거운 생각에 빠져 있었다.

"무슨 생각 하니?"

경희가 동생 쪽으로 약간 돌아앉았다.

"뭐 별로……."

동생은 창밖을 바라보고 있었다. 그 무심한 모습이 신경에 거슬렸다. 동생은 갑자기 어른으로 변해 가고 있었다.

"너 나하고 약속했잖니. 변하지 말고 그대로 있자고."

경희는 동생의 눈길을 옮기게 하려고 일부러 빤히 보며 말했다.

"나 변하지 않았어."

성일은 비로소 눈길을 거둬들이며 자리를 고쳐 앉았다.

"아무리 생각해도 나 서울을 잘못 가고 있는 것 같다."

경희는 쫓기듯이 빨리 말했다.

"변한 사람은 내가 아니라 바로 누나군. 아무 말 말고 올라가. 그게 엄니가 바라는 거야."

"그렇지만 엄니 혼자 앞으로 어떡하니. 내가 엄니한테 너무 무거운 짐을 지우는 것 같다."

"염려 마. 엄니 옆에는 외삼촌이 계셔. 정 집안 형편이 어렵다 싶으면 외삼촌의 판단에 따라 누나 문제는 결정될 거야. 외삼촌은 계산이 정확한 분이잖아."

"그래, 외삼촌은 합리주의자니까."

둘 사이에 다시 침묵이 이어졌다.

23

계엄군 주둔

군인 1개 중대 병력 200명이 소화다리를 건넌 것은 11월 20일 이었다. 그들은 읍사무소 쪽의 큰길을 따라 행군했다. 행인들이 걸음을 멈추고, 상점에서 사람들이 밀려 나왔다. 그들의 행군은 사람들의 관심을 끌기에 충분했다. 그들은 경찰이 아닌 군인이었 으며, 완전무장을 하고 있었다. 그때까지 읍내 사람들은 무장을 갖춘 200명의 병력을 본 일이 없었다.

"저것이 무슨 군대랑가?"

"빨갱이 잡자고 오는 것 아니겠는가."

"워메, 우리는 인제 망해 부렀네."

"거 뭔 소리여?"

"고 쪼깐헌 토벌대 등쌀에도 몸서리가 나고 허리가 휘었는디, 저 많은 군대 등쌀에 어찌 살겄는가. 빨갱이들 잡기 전에 우리가 먼저 등가죽 벗겨지고 말 것이네."

"참말로 썩을 놈의 세상이시. 해방이 되면 배부르고 활개 치는 세상이 올 줄 알았등마 갈수록 첩첩산중이랑께."

두 남자는 멀어지는 군대 행렬을 걱정스레 바라보았다.

군인들은 역 앞을 지나 남국민학교로 들어갔다. 교문 양쪽으로 경찰과 토벌대, 청년단원들이 늘어서 있다가 일제히 박수를 쳤다. 그러나 대열은 조금도 흔들림이 없이 운동장 한가운데로 행군했다.

군인들은 조회대 앞에 소대별로 늘어섰다.

"중대— 차려엇!"

상사의 구령에 맞춰 병사들의 몸이 빳빳해졌다.

"중대— 세우어총!"

개머리판이 일제히 땅을 치는 쇳소리가 울려 퍼졌다.

"사령관님을 향하야 경례엣!"

병사들은 총을 들어 올렸다. 조회대에는 키가 껑충하게 크고 깡마른 젊은 장교가 서 있었다. 그의 모자에는 중위 계급장이 붙어 있는데, 사병들과 마찬가지로 M1 소총을 메고 있었다. 허리에는 권총도 없었다. 장교가 칼빈도 아닌 M1 소총을 메고 있다는 사실이 색달랐다.

"장병 여러분, 이동하느라 수고 많았다. 마침내 작전 지구에 도착했다. 모두 각오를 새롭게 하기 바란다. 이상."

그의 음성은 깡마른 체구와는 달리 굵고 우렁찼다. 그는 벌교·보성지구 사령관 심재모였다.

조회대를 내려온 심재모는 기관장들과 인사를 나누었다.

"벌교·보성지구 사령관 중위 심재몹니다."

그가 읍장과 경찰서장 등에게 한 말은 이 한마디뿐이었다. 그리고 차례로 악수를 나누면서는 상대방이 말하는 직함과 이름을 듣기만 했다.

"오늘은 장병들이 고단할 것 같아 읍민 환영식은 내일 하도록 했습니다."

읍장이 손을 모아 잡으며 말했다.

"그 말씀으로 환영은 받은 것으로 하겠습니다. 그런 형식적인 절차는 생략하시기 바랍니다. 민폐를 끼치는 일이니까요."

심재모는 부드럽게 말했지만 말투는 명령이었다. 계엄하의 지역 사령관인 그의 말은 누구도 거역할 수 없는 것이었다.

"우리 읍을 위해 고생들 하시는데 그게 무슨 민폐라고……."

"아니오, 내 말대로 하시오."

심재모는 읍장의 말허리를 잘랐다. 분명한 명령이었다. 읍장은 심재모가 겸손을 부리는지도 모른다 싶어 한마디 더 했고, 심재모는 읍장의 그런 마음을 꿰뚫어 보고 확실한 태도를 보인 것이다.

"읍사무소로 자릴 옮깁시다. 경찰서로 가야겠지만……."

심재모는, 불타 버렸으니 어쩔 수 없지 않겠소, 하는 뒷말은 생략했다. 그 정도로도 자신이 읍내에 관한 정보를 웬만큼은 알고 있다는 사실을 보여 주기에 충분했다.

"고단하실 텐데 우선 여장부터 푸시지요."

읍장이 은근한 어조로 말했다.

"여장이라고요? 난 지금 여행을 하고 있는 게 아니라 작전을 수행하고 있소. 계엄하의 군경은 근무에 밤낮이 없다는 것쯤 아실 텐데요."

심재모의 눈길이 매섭고도 차가웠다.

"강 상사, 강 상사!"

심재모는 뒤로 고개를 돌려 외쳤다. 상사가 재빨리 뛰어왔다.

"읍사무소에 다녀올 테니 장병들 휴식시키도록. 경계철저, 이탈방지, 잊지 말도록!"

"옛! 알겠습니다."

강 상사가 힘찬 거수경례를 붙였다.

"갑시다."

심재모는 어깨의 M1 소총을 고쳐 메며 경찰서장에게 말을 던졌다.

기관장 일행 대여섯 명이 교문을 나서고 있었다. 말없이 걷는 그들의 모습은 평소와 달리 어딘가 주눅이 들어 있었다. 토벌대장 임만수는 그 직책으로나 지금까지의 기세로 보아 당연히 경찰서장 앞에 서야 함에도 염상구와 함께 맨 뒤에 처져 걷고 있었다.

"제기랄, 사람 꽉 겁 먹여 뿌네."

염상구가 상소리를 하며 침을 내뱉었다. 그러나 그 목소리는 결코 크지 않았다.

"첫물이니까 괜히 용써 보는 게지. 제 놈이 가면 얼마나 가겠어, 흥."

임만수는 콧방귀를 날렸다. 그러나 염상구에게는 그 콧방귀가 그의 푹 꺼진 콧잔등처럼 볼품없고 초라하게 느껴졌다.

기관장들이 읍장실에 모여 앉았다. 무거운 분위기를 깨고 심재모가 입을 열었다.

"우리의 주둔 목적은 첫째는 반란 세력의 소탕, 둘째는 민심 수습입니다. 그 목표를 달성하기 위해 본관은 벌교·보성지구 사령관으로서 벌교·보성·조성·고흥 일원의 치안 책임을 부여받았습니다. 그러므로 현재 시간부터 경찰, 토벌대, 청년단 등은 본관의 지휘명령을 받아야 합니다."

심재모는 견고하게 느껴지는 음성으로 말을 마치고 사람들을 둘러보았다. 사람들은 얼어붙은 듯 미동도 하지 않았다.

"토벌대 임만수 대장님!" 심재모가 느닷없이 호명하듯 했고, "예, 제가 임만숩니다." 하고 임만수가 당황한 몸짓으로 반쯤 일어섰다.

"그동안 수고 많았습니다. 그런데 토벌대는 어디에 주둔하고 있습니까?"

"예, 저……. 우선 남도여관에……."

"뭐요, 여관? 당장 짐을 꾸려 남국민학교 운동장에 집합시키시오!"

심재모는 의자 옆에 세워 둔 M1 소총을 불끈 들었다가 놓았다. 마룻장 울리는 소리가 유난히 컸다.

임만수는 가슴에 뜨거운 불기둥이 솟구쳐 올랐다. 저 새파란 자식이 어디다 대고……. 따귀를 얻어맞는 것 같은 모욕감을 도저히 참아 낼 수가 없었다.

"도대체 그게 무슨 소리요!"

임만수가 눈을 부릅뜨며 버럭 소리쳤고, 심재모는 싸늘한 눈빛으로 임만수를 노려보았다.

"뭔가, 항명하는가!"

심재모의 목소리는 크지 않았지만 냉정하고 위압적이었다. 항명—그 한마디가 임만수의 머리를 쳤다. 명령으로 시작해서 명령으로 끝나는 군대나 경찰 조직에서 항명이란 곧 목숨을 내거는 일이었다. 임만수는 난감해졌다. 항명을 시인할 수도, 부인할 수도 없

64

었다. 항명을 시인하면 불구덩이에 빠지는 것이고, 부인하면 패배하는 것이었다. 그는 그렇게 정면으로 도전하면 풋내기 주제에 당황하리라 생각했고, 그러면 더 몰아붙여 콧대를 꺾으려 했다. 그런데 녀석은 당황하기는커녕 오히려 정면으로 공격해 온 것이다.

"대답이 없는 건 항명을 시인한다는 건가!"

심재모의 목소리가 아까보다 크게 울렸다. 아아……. 임만수는 신음을 씹었다. 임만수는 막다른 골목으로 몰리면서도 항명을 시인하거나 부인하지 않는 제3의 방법을 택해야 한다고 생각했다.

"항명이고 아니고를 따지기 전에, 너나없이 모두 까놓고 뒤집어 놓고 보면 그저 그 타령인 처지에 군복 입고 경찰복 입었다는 차이로……."

땅!

느닷없는 총성이 사무실을 뒤흔들었다. 사람들은 놀라 벌떡 일어서기도 했고, 머리를 책상 밑으로 처박기도 했고, 손바닥으로 두 귀를 막은 채 눈을 휘둥그렇게 뜨기도 했다. 심재모만 흐트러짐 없이 똑바로 앉아 있었다. 그는 M1을 세운 채 방아쇠를 당겼던 것이다.

"모두 까놓고 뒤집어 놓고 보면 그저 그 타령이라고? 그 한마디로, 네놈이 일정 때 얼마나 개같이 살았는지 환히 알 수가 있다. 개 눈엔 똥밖에 안 보인다고, 나도 네놈처럼 산 줄 아느냐. 네놈이

일본 형사질을 해 먹다가 해방된 뒤에 아무런 처벌도 받지 않고
다시 복직되어 토벌대장을 해 먹으니, 나도 네놈 같은 과거를 가
진 관동군 출신쯤으로 뵈는가? 난 독립군 출신은 못 되지만, 학
병 출신이다. 글줄이나 쓴다는 놈들이 '영광스런 성전에 기쁨으
로 참전하자.'고 선동해 대고, 너 같은 놈들이 덩달아 한 명이라도
더 전쟁터로 내몰려고 혈안이 되어 날뛰던 바로 그 학병 출신이
야. 내가 왜 군대에 투신한 줄 아는가! 바로 네놈같이 썩어 빠진
종자들이 이 나라의 권력조직 속에 득실거리기 때문이다. 반란
세력을 진압하고 민심을 수습해야 할 토벌대가 여
관잠을 자고 여관밥을 먹으면서 그게
잘못인 줄도 모르고 입을 놀려?
너 같은 놈들은 해방되자마자
한 놈도 남김없이 감옥에

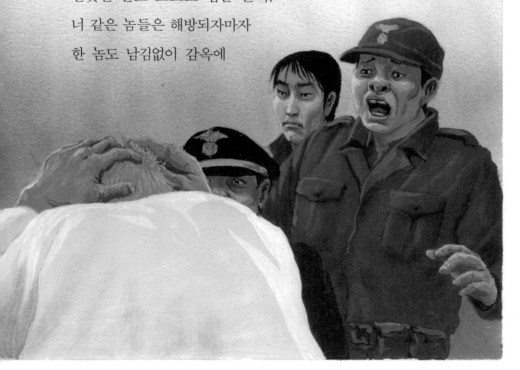

처넣었어야 돼. 그리고 재판을 거쳐 형량을 정하고, 그 기간을 강제 노동으로 채우게 했어야 돼. 그것만이 네놈들의 반역으로 피폐해진 조국과 민족 앞에 사죄하는 길이었다. 네놈들이 그런 속죄조차 없이 다시 권력 조직에 들어왔으니 모두가 네놈처럼 안하무인인 거야. 여관잠을 자고 여관밥을 먹다니, 네놈은 그 사실 하나만으로도 영창감이야!"

심재모의 한마디 한마디에 냉기가 흘렀다. 임만수는 물론이고 다른 사람들도 모두 눈길을 떨구었다. 심재모가 되풀이한 '네놈들'이라는 복수 지칭에서 자유로운 사람은 아무도 없었다.

"임만수, 즉시 명령을 수행하라!"

심재모의 목소리가 갑자기 커졌다. 그와 함께 임만수가 벌떡 일어났다.

"즉시 명령 수행하겠음."

복창과 함께 거수경례를 붙인 임만수는 쫓기듯 사무실을 나갔다.

"권 서장, 그동안 토벌대의 작전 실태와 읍내의 치안 상황을 보고하시오."

심재모가 권 서장을 바라보았다. 권 서장은 빠르게 대답했다.

"토벌대는 그동안 주로 각 동네의 불순분자를 찾아내는 데 힘써 왔습니다. 그리고 읍내의 치안 상황은, 통행증을 발급해서 교통을 통제하고 있으며, 야간 통행금지를 철저하게 시행하고, 해변을 비롯한 외곽 지대를 계속 경계하고 있습니다."

"각 동네의 불순분자를 찾아낸다, 안전지대만 찾아다니며 민폐를 끼친 모양이군." 심재모는 혼잣말을 하고는 "잠적한 반란 세력 소탕 작전은 하지 않았단 말이오?"라고 물으며 눈빛을 예리하게 빛냈다. 권 서장은 대답을 못하고 머뭇거렸다.

"됐소. 다음은 읍내의 치안 상황인데, 교통 통제, 야간 통금, 해변과 외곽 지대 경계, 모두 계엄하에서 취해야 할 조치들이오. 그러나 그런 조치가 한 달 넘게 계속되고 있소. 그동안 민생 문제는 어떻게 됐는지, 읍장께서 말씀해 보시오."

"아, 예……." 갑자기 지적당한 읍장은 당황한 얼굴로 "장도 서지 못하고 읍민들 불편이 다소 있기는 합니다만 시국이 시국이니만치 참아야 하지 않겠습니까."라고 말하며 눈치를 살폈다.

"참아야 한다, 좋은 말이오. 그럼 도대체 언제까지 참아야 한단 말이오?"

심재모의 입가에 쓴웃음이 어렸다.

"그야 저어……."

자신의 말이 빗나갔음을 눈치챈 읍장은 난색이 되었다.

"야간 통행금지만 그대로 두고 나머지 조처는 내일부터 모두 해제하겠소."

심재모의 느닷없는 말에 모두 놀라운 표정을 감추지 못했다.

"권 서장, 읍내를 한 바퀴 돌아봐야겠소. 안내를 부탁하오."

심재모가 일어서면서 M1을 어깨에 멨다.

심재모와 서장이 밖으로 나가는 것을 바라보는 기관장들의 가슴에는 찬바람이 일었다. 그가 믿음직스러운 것 같기도 했고, 불편한 것 같기도 했고, 쓸 만한 사람 같기도 했고, 귀찮은 존재 같기도 했다.

심재모는 경기도 수원 태생으로 그의 집안은 상업을 대물림해 왔고, 그는 자연스럽게 상과대학에 진학했다. 평범한 대학 생활을 하던 그가 식민지 상황을 가슴으로 앓기 시작한 것은 태평양전쟁이 본격화되고 학도병 지원이란 몰이를 당하면서였다. 그러면서 전에는 별로 관심이 없던 문필가나 문학가들을 증오하게 되었다. 그들은 내선일체만이 우리가 복되게 사는 길이라거나, 성전에 나가 죽는 것이 영광된 젊은이의 일생이라는 글들을 뻔질나게 써서 선동을 일삼았다. 글뿐만 아니라 청년들은 성전으로, 처녀들은 정신대로 솔선해서 나서자고 강연을 하고 다녔다. 심재모는 버마의 정글을 헤매며 그 문필가라는 족속들을 얼마나 증오하고 저주했는지 모른다. 독립투사를 밀고하는 밀정보다도, 독립투사를 고문하는 고등계 형사보다도 그들은 더 더럽고 흉악한 종자들이었다. 그자들은 모두 배울 만큼 배운 지식층이기 때문이었다.

정신대로 끌려온 여자들이 남자들에게 짓밟히다가 임신을 하거나 성병에 걸리면 가차 없이 정글 속에 버려지고, 전쟁터에 끌려나온 청년들은 누구를 위한 것인지도 모를 총질을 하다가 날마다 죽어 갔다. 네놈들은 이 기막힌 꼴들을 아느냐. 네놈들은 그 짓을 한 대가로 얼마나 호의호식하고 사느냐. 도대체 네놈들은 어느 나라 사람이더냐. 심재모는 동료의 시체를 정글에 묻고, 죽을 고비를 넘기며 치를 떨었다. 해방이 되었다. 해방은 새 나라 건설과 함께 모든 친일 민족 반역자들을 깨끗이 처단한다는 뜻이었다. 반드시 그렇게 되어야 하고, 그렇게 되리라고 믿었다. 그러나…… 세상의 물결은 그 기대를 완전히 뒤엎고 말았다. 경기지구 학도병 모임을 이끌던 심재모는 가업을 이어 장사에 나설 수가 없었다. 그는 아버지의 만류를 뿌리치고 뜻을 함께하는 학병 출신들과 군대로 뛰어들었다. 그는 학병 시절부터 사격술이 뛰어나 M1 소총을 다루었다. 노획물인 M1 소총은 저격용이었고, 자연히 사격술이 뛰어난 그의 차지가 되었다. 일본군의 소총에 비해 M1 소총의 성능은 기가 막힐 지경이었다. 심재모는 M1 소총을 통해서 미국이란 나라를 알았고, 이런 총과 맞서 싸우는 일본은 언젠가 패하겠구나, 하고 생각했다. 그는 장교 훈련 때 다시 M1 소총을 만지게 되었고 그의 사격 솜씨는 단연 돋보였다. 그는 M1 소총의 성능을 믿었기에 다른 총은 필요 없었다. 사병들 사이에서 그의 별명은 'M1'이었다.

심재모와 권 서장은 횡계다리 위에 서서 넓은 낙안벌을 바라다 보고 있었다.

"저 앞에 보이는 것이 옥산이고, 그 너머에 조계산으로 빠지는 오금재가 있습니다. 좌측으로 멀리 보이는 저 큰 산이 징광산이고, 우측의 저 뾰족하게 솟은 것이 제석산입니다. 저 산줄기들은 모두 조계산으로 이어져 있는데, 염상진이 이끄는 반란군은 조계산에 숨어 있을 것으로 추측됩니다."

권 서장이 손가락질을 해 가며 설명했다.

"그 추측이 맞을 거요. 지리산은 소탕 작전이 본격적으로 시작되고 있으니, 그쪽으로 빠졌더라도 다시 조계산으로 피해야 할 형편이오. 그런데 염상진은 어떤 사람이오?"

심재모는 굽이굽이 이어진 산맥을 바라보며 물었다.

"남로당 보성군책, 벌교 출생, 29세, 광주사범 졸업, 일정 때부터 적색농민운동 주도, 투옥된 경력이 있습니다."

"그만하면 영웅 호칭을 받을 만한 인물이군." 심재모가 중얼거리듯 말하고는 "그자의 성품은 어떻소?" 하고 물었다.

"침착하고 냉정한 성격인 모양입니다."

"침착해서 그동안 아무 일도 벌이지 않은 건가. 준비가 아직 안 됐는지도 모르지."

심재모가 혼잣말을 했다.

염상구는 짙은 어둠을 헤치며 도래등을 넘고 있었다.

"청년단장, 형이 염상진이라고? 사상이야 자유니까 아무래도 좋소. 중요한 건 청년단인데, 청년단에 대해 전국적으로 안 좋은 말이 많다는 건 염 단장도 잘 알고 있을 것이오. 안 좋은 말을 듣는 데는 여러 이유가 있겠지만, 특히 민폐를 끼치기 때문일 것이오. 여기 청년단은 그런 일이 없으리라 믿지만, 앞으로 유의해야 할 것이오. 그리고 앞으로는 내 명령에 따라 행동해야 한다는 점 잊지 말고, 독자적인 행동은 일체 삼가시오."

심재모가 그를 따로 불러 한 말이었다. 심재모와 가까워지고 싶은 염상구로서는 자신을 따로 불러 준 것만으로도 가슴 뻐근한 일이었다. 그러나 심재모를 만나고 돌아선 기분은 떫고 쓰고 시고, 영 말이 아니었다. 심재모의 말은 부드러웠지만 한마디, 한마디에 가시가 돋쳐 있었다. 목소리만 부드러울 뿐, 말의 내용은 이쪽을 완전히 무시하는 명령이었다. 협조를 못하겠다면? 그러나 그건 속에서만 끓어오르는 오기일 뿐, 지구 사령관 앞에서 청년단장은 초라하기 그지없었다. 경찰 병력을 이끌고 있는 토벌대장이 그렇게 꺾이는 판에 임시 조직에 불과한 청년단 단장으로서는 속수무책일 수밖에 없었다.

염상구는 발길 닿는 대로 걷다가 소화다리를 건너고 있는 자신을 발견했다. 내가 왜 이쪽으로 가고 있나. 그는 자신이 외서댁을 찾아가고 있음을 깨달았다.

그 여자는 어째 하필 빨갱이 마누라가 되었을까……. 염상구는 그녀가 아깝다고 생각했다. 그때 문득 이지숙의 말이 들려왔다. "이 바보 같은 놈아, 여자가 사랑 때문에 그까짓 일쯤 할 수 있다는 것도 모르면서 무슨 수사를 해! 차라리 날 죽여라! 죽여!" 눈을 부릅뜬 이지숙의 부르짖음이었다. 마지막 고문을 하기 위해 그녀의 옷을 다 찢어발겼을 때, 그녀는 갑자기 발악하듯 소리치며 비틀비틀 일어섰다. 뒤헝클어진 머리칼과 온몸에 피멍이 든 그녀의 모습은 섬뜩한 귀신 꼴이었다. 그는 그 순간 그녀가 빨갱이는 아니라고 단정했다.

"제기랄, 사랑이라는 것이 뭔지."

염상구는 침을 퉤 뱉고는 걸음을 빨리했다.

혹시나 해서 염상구는 권총을 빼 들고 좁은 마당을 가로질렀다. 지게문에는 석유 등잔 불빛이 흐릿하게 배어 있었다. 염상구는 큼큼 낮은 인기척을 냈고, 이내 지게문이 열렸다.

"누가 볼까 무서운디 싸게 들어오씨요, 싸게."

언제나 똑같은 외서댁의 겁먹은 목소리였다. 염상구는 구두를 벗어 선반에 올리고 방으로 들어갔다.

"뭐헐라고 또 왔소."

외서댁이 흩어진 바느질감을 밀치며 언제나처럼 똑같은 말을 했다.

"자네가 보고 싶어 왔네."

염상구는 탄띠를 풀며 아랫목으로 내려앉았다. 어린것이 엎드려 자고 있었다.

"참말로, 부부같이 말허고 그러요."

외서댁은 마땅찮은 표정을 지었다. '자네'라는 말이 듣기 싫었던 것이다.

"자네를 처녀 적에 만났으면 내 각시 삼았제. 지금도 자네는 내 각시나 마찬가지 아닌감?"

염상구가 느물거렸다.

"외서댁, 집에 있는가?"

밖에서 들려온 소리였다. "자는 척혀." 염상구가 낮게 말했다. "아니어라, 나가서 방에 못 들어오게 막아야제라." 그녀가 다급하게 말했다. "통금 시간에 싸돌아댕기는 저년을 팡 쏴 죽였으면 속시원허겠네." 그가 씨부렸고, "워메, 들겄소."라며 그녀가 주먹질을 했다.

"아아함…… 누구다요. 누구……."

외서댁은 정신없이 나가면서도 입으로는 하품 소리까지 내며 금방 잠에서 깨어난 시늉을 했다.

"나 중천댁이시. 입이나 다시라고 제사떡을 쪼깐 가져왔구마."

"워메, 통금을 엄허게 다스리는 판에 뭐할라고 그러실께라이."

외서댁은 통금을 들먹여 상대방에게 겁을 먹였다.

"순찰을 돌지 모른께 쉬었다 가시라고도 못허겄고, 오늘 군인들이 동네마다 이 잡듯이 순찰을 돈다고 안 그럽디여."

마루로 나선 외서댁은 저도 모르게 잘도 꾸며 댔다.

"고런 말이 있었능가?"

중천댁이 겁먹은 소리로 물었다.

"하면이라. 무슨 일 당허면 안 된께, 내가 집까지 바래다드려야 되겄구만이라."

"아니시, 우리 집까지 갔다 오자면 자네가 또 위태로울 것잉께 나 혼자 핑 갈라네."

중천댁은 벌써 토방을 내려서고 있었다. 외서댁은 사립까지 따라 나갔다.

"떡 잘 먹겄소. 미안스러워서 어쩔께라."

"아니시, 자네도 싸게 들어가소."

어둠 속으로 사라지는 중천댁을 바라보면서 외서댁은 긴 숨을 내쉬었다.

"워메, 사람 피 말라 죽겄네. 인제 싸게 가씨요."

외서댁은 방바닥에 털퍽 주저앉으며 쏘아붙였다.

"거 뭔 소리여. 내가 가긴 어딜 가."

염상구는 능글능글 웃었다.

"워메, 사람 잡을 소리 고만 허씨요. 제발 인제 고만 오씨요. 요러다가 누가 보면 내 신세가 어찌 되겠소."

그녀는 목이 메어 말했다. 그러나 염상구는 픽 웃어 버렸다. 누가 보든 말든 내가 알 게 뭐냐. 강동식이란 놈이 알면 펄펄 뛰겠지? 정신 못 차리고 집으로 뛰어들면, 그렇지, 그때 때려잡는 것이다!

전 원장 재판 날, 김범우는 순천으로 넘어가려고 일찍 집을 나섰다.

전 원장의 조서는 무기 협박에 의한 강제 의료 행위로 꾸며졌다. 조서대로 전 원장과 말을 맞추었고, 간호원에게도 단단히 일러두었다. 조서를 그렇게 꾸미기까지 문제가 없었던 것은 아니었다.

"난 협박받은 일 없어요. 나 유리하자고 거짓말을 하면 염상진 씨를 악질로 만드는 거 아닙니까."

전 원장이 고개를 저으며 한 말이었다. 김범우는 하도 어이가 없어 전 원장을 한동안 멍하니 바라보았다. 지극히 사람다운 사람 하나가 눈을 껌벅이며 앉아 있었다.

"염상진은 자기 때문에 원장님이 궁지에 몰린 것을 알면 그보다 더한 거짓말을 해도 이해할 겁니다."

"글쎄요, 그건 김 선생 생각이지요."

"원장님, 이건 거짓말이 아니라, 위험을 피하는 편법입니다."

"편법도 남을 해치지는 말아야지요. 내가 한 치료는 의사의 의무고 권한입니다."

"당연하지요. 그러나 지금은 상황이 다릅니다. 사실대로 재판에 넘어가면 원장님은 빨갱이가 될 수밖에 없어요. 지금은 냉정하게 선택해야 할 땝니다. 종전 직전 패주하는 일본군이 버마 전선에서 무슨 짓을 한 줄 압니까? 보급은 끊겼지, 적은 추격해 오지, 정글 속에서 매일 굶는 겁니다. 살기 위해서는 어떻게 해야 하겠습니까. 가장 가까이 있는 먹이를 사냥할 수밖에 없습니다. 그게 뭔지 아십니까. 인간 사냥입니다. 살기 위해 사람이 사람을 잡아먹는데, 원장님은 그까짓 거짓말을 뭘 그리 망설입니까. 더 이상 권하지는 않겠습니다. 결정은 원장님 스스로 하십시오." "그럼……?" 전 원장은, 당신이 바로 사람 고기를 먹었단 말인가, 하는 듯 놀란 얼굴로 김범우를 바라보다가, "김 선생 말대로 하겠어요."라고 더듬듯 말했다.

재판은 좋게 보자면 신속했고, 나쁘게 보자면 무성의했다. "말 말아요, 그놈의 반란 사건 땜에 순천, 광주 판·검사들 골이 빠져요." 불평을 해야 할 변호사가 오히려 판·검사 편을 들었다.

전 원장은 실형 1년을 선고받았다. 간호원과 이지숙도 마찬가지였다. 아무리 협박을 받았다지만 경찰에 제보할 기회는 얼마든지 있었다는 것이 실형 선고의 이유였다.

전 원장은 각오하고 있었다는 듯 선고가 내려지는 순간에도 무표정했다. 이지숙도 까딱하지 않았고, 간호원만 손으로 입을 가리며 고개를 푹 숙였다.

"걱정할 것 없어요. 항소하면 됩니다. 재판은 항소하는 재미에 하는 것 아닙니까."

변호사는 아주 태평스럽게 말했다. 그런 사람을 상대로 김범우는 더 할 말이 없었다. 의사가 그렇듯 변호사도 피고의 고통에는 철저하게 둔감했다.

김범우는 뿌옇게 흐려진 마음으로 변호사 대기실을 나왔다. 경찰서와 마찬가지로 재판소도 사람들로 붐볐다. 사람들은 하나같이 침울한 모습이었고, 그들 사이에서 나오는 소리는 목멘 탄식이거나 울음 섞인 넋두리거나 절망적인 부르짖음이었다. 그 많은 사람들은 거의가 이번 사건에 연루되어 재판을 받는 피고들의 가족이나 친척들이었다.

김범우는 무거운 마음으로 재판소 정문을 나서며 실형 1년을 곱씹어 생각했다. 항소를 한다지만 형량이 줄어든다는 보장은 없었다. 선량하기만 한 전 원장의 모습이 자꾸만 눈앞에 어릿거렸다. 그를 구해 낼 방법이 없을까……. 김범우는 방향도 없는 걸음을 무작정 옮겨 놓고 있었다.

"엄니, 그냥 여기서 살지 어째 이사를 가고 그런가!"

부엌살림을 싸고 있는 들몰댁 옆에서 작은아들 종남이가 뾰로통한 얼굴로 대들듯 말했다. 들몰댁은 손만 재게 놀렸다. 곧 달구지가 올 것이었다.

"엄니, 어째 이사를 가냐니께!"

종남이는 울상이 되어 소리를 질렀다.

"이놈아, 엄니 귀청 떨어지겠다."

들몰댁이 주먹을 치켜들었다. 그런데 작은아들의 눈에 눈물이 그렁그렁 괴어 있었다. 들몰댁은 주먹을 힘없이 내렸다. 낯선 곳으로 가기 싫어하는 어린것의 마음이 짠하고 가여웠다.

"종남이는 이사 가는 것이 싫은가?"

들몰댁은 어리광을 받아주듯 말하며 두 팔을 벌렸다. 작은아들이 품으로 왈칵 안겨 왔다. 보드랍고 연약한 몸이 품안에서 서러웠다. 다 느그 좋으라고 이사허는 겨. 애비는 죄인이라도 느그는 살아야제. 하면, 살아야 허고말고. 들몰댁의 가슴은 눈물로 젖고 있었다.

"엄니, 이사 가지 말어."

"어째 그러까?"

80

"무당이 싫은께 그러제."

들몰댁은 멈칫했다. 낯선 곳으로 가는 게 싫어 그런 줄만 알았는데 의외의 대답이었다.

"그런 말 허는 것 아녀. 그 아짐씨가 얼마나 맘씨 좋고 이쁜디."

"아녀, 난 무섭단 말이여."

작은아들은 가슴으로 더 파고들었다.

"그 이쁜 아짐씨가 어째서 무섭단 말이여."

"귀신인께 무섭제."

작은아들이 몸서리치는 것이 느껴졌다. 예삿일이 아니다 싶었다. 호되게 야단을 칠까 하다가 들몰댁은 생각을 바꾸었다. 이번에 벌인 시아버지의 길닦음굿을 보고 어린것이 무서웠던 모양이었다. 그러나 소화는 앞으로 함께 살아야 할 사람이었다. 어떻하든 작은아들의 마음에서 무섭증을 몰아내 줘야 했다. 소작을 못 부치게 된 마당에 소화와 함께 살게 된 것은 정말 천행이었다.

"종남아, 엄니가 종남이헌테 거짓말을 허디야, 안 허디야?"

들몰댁은 작은아들을 일으켜 앞에 세우고는 양쪽 팔을 꼬옥 잡고 물었다.

"안 혀."

"그려, 엄니는 성이나 니헌테 죽어도 거짓말 안 혀. 긍께 엄니 말을 믿어야 써. 알겄어?"

작은아들은 느리게 고개를 끄덕였다.

"그 아짐씨는 말이여, 귀신이 아니고 우리허고 똑같은 그냥 사람이여."

작은아들은 입을 꾹 다물고 도리질을 했다.

"엄니 말 더 들어. 그냥 사람인 것은 똑같은디, 굿을 헐 때만 무당이 되는 겨. 그때도 귀신이 아니라, 사람들을 해코지허는 귀신을 쫓아 주는 좋은 일을 허는 사람이여."

"근디 어째서 아그들이 다 귀신이라고 그려?"

작은아들은 여전히 믿을 수 없다는 표정이었다.

"아그들이 몰라서 허는 소리제."

"아녀, 밤에는 머리 풀고 입에 피 흘리면서 나 같은 아그들 붕알도 따 먹고, 피도 빨아 먹는다는디."

"고것이 다 거짓말이랑께. 그럼 이 엄니가 니 붕알도 따 먹고, 피도 빨아 먹으라고 무당허고 살겄냐!"

종남이가 고개를 갸웃거렸다. 들몰댁은 얼핏 큰아들을 떠올렸다. 큰아들은 달구지를 기다리느라 큰길에 나가 있었다.

"성도 고런 말 허디야?"

작은아들이 고개를 저었다.

"봐라. 엄니허고 성 말을 믿을 것이냐, 아니면 아그들 말을 믿을 것이냐?"

길남이는 눈만 껌벅거릴 뿐 속 시원히 대답하지 않았다. 무언가 미진한 데가 있는 게 틀림없었다.

"엄니 말도, 성 말도 못 믿겄으면 니 혼자 여기서 살어라. 그 아짐씨허고 살면 1년 내내 쌀밥만 먹고 살 것인께, 니 밥까지 성 혼자서 배 터지게 먹게 생겼으니 잘되았다."

"엄니! 쌀밥만 먹고 살아?"

작은아들의 눈이 휘둥그레졌다.

"그렇다니께."

"엄니, 나도 이사 갈라네."

작은아들이 불현듯 품으로 뛰어들었다.

"엄니, 나 하나도 안 무섭네, 하나도 안 무서워."

젖가슴에 얼굴을 묻은 작은아들이 또박또박 말했다. 그런데도 그 작은 몸은 떨고 있었다.

"그려, 우리 종남이 장허다."

들몰댁은 작은아들을 꼭꼭 끌어안으며 목젖이 아프도록 목이 메었다.

소화가 함께 살지 않겠느냐는 말을 꺼낸 것은 시아버지의 굿을 마치고 나서였다.

"나도 혼자 몸이고, 들몰댁도 살기가 편편찮은 것 같은디, 서로 의지 삼아 안 살아 보실라요? 내 일 거들 사람도 있어야 헝께."

소화가 조심스럽게 꺼낸 말이었다.

"내가 굿허는 일을 뭘 알아야제라."

들몰댁은 갑작스런 소화의 말이 믿어지지 않아 헛소리하듯 대꾸했다.

"굿이야 내가 허는 것잉께 들몰댁은 살림만 살아 주면 될 것이요."

"고런 시답잖은 일을 허고 어떻게 세 입이 붙어먹고 살겄는게라. 염치없는 짓이제라."

밥하고 빨래하는 일만으로 세 입이 살아갈 수 있다면 그건 천국이나 다름없었다. 1년 내내 뼈끝이 닳도록 일해도 하루 세끼를 제대로 찾아 먹을 수 없지 않았는가.

"짐은 무슨 짐이어라. 나헌테는 살림 살아 주는 일이 젤 큰일이요."

어차피 혼자 살 수 없는 형편에서 소화가 굳이 들몰댁을 택한 것은 그녀의 남편이 좌익인 까닭이었다. 서로가 같은 처지, 정하섭을 보호하고 비밀을 지키는 데 그보다 더 좋은 사람은 없었다.

24

분노의 소작인

밤이 깊어 가고 있었다. 추위를 실은 바람 소리가 스산하고 차가웠다. 냉기가 가득한 바깥과 달리 방 안은 훈훈했다. 어슴푸레한 석유 등잔 불빛 아래서 하대치는 담배에 불을 붙였다.

"보소, 자네 솜바지 저고리 맹글 줄 아는가?"

하대치가 정다운 목소리로 장터댁에게 물었다.

"맵시 있게야 못혀도 맹글 줄이야 알제라."

"맵시 볼 것 없고, 맹글 줄만 알면 되았네." 하대치는 그녀 곁으로 바싹 다가앉으며 "내가 장사를 한판 혀야 쓰겠응께 힘 좀 빌려줄란가?"라며 곧 큰돈이라도 벌 것처럼 말했다.

"옷 장사를 헐라고라?"

장터댁은 어이없다는 표정이었다. 누구나 집에서 만들어 입는 솜바지 저고리로 무슨 장사를 하느냐는 뜻이었다.

"아는 사람이 목포서 연락을 혀 왔는디, 바다에 보를 막아 농토를 맹그는 공사가 벌어졌다네. 날은 추워지는디, 일꾼들은 다 홀아비 아니면 총각이라 솜바지 저고리가 없어서 못 팔아먹는 판잉게, 한 서른 벌을 얼렁 맹글어 오라는디, 어째 장사가 되겠는가?"

"듣고 보니 장사가 될 만허겠구만요."

장터댁의 얼굴에는 어이없어하던 표정은 간 곳이 없었다.

"수고비 톡톡히 쳐줄 팅께 나 돈 좀 벌게 혀 줄랑가?"

"근디 한두 벌도 아니고 서른 벌이나 되는 것을 어느 세월에 다 맹글겠소."

"어허, 긍께 자네는 한 벌만 맹글고, 스물아홉 벌은 스물아홉 집에 풀어서 와짝 맹글면 될 일 아니겠는가."

"맞소! 그러면 되겠소."

장터댁은 손바닥까지 맞때리며 신나했다.

"솜 사고, 포목 끊고, 스물아홉 집 고르고, 장터댁 헐 일이 태산인디. 그 수고비는 톡톡히 쳐줄 것이네."

"아까부터 수고비, 수고비 해 쌓는디 그 말 자꾸 들먹이면, 나 일 안 맡겠소. 내가 돈에 환장헌 것도 아니고."

장터댁이 토라지는 시늉을 했다.

"고맙네, 고맙네." 하대치는 그녀의 어깨를 다독이며, "며칠이나 걸릴랑가?" 하고 넌지시 물었다.

"넉넉잡고 사흘이면 되겄제라."

"이틀이면 딱 좋겄는디."

"바느질이 험해져서 그렇제 이틀도 넉넉허요."

"일꾼들 옷인디 바느질이 험허면 어때. 낼 아침부터 시작이시. 나는 한숨 붙여야 쓰겄네."

하대치는 요 위에 벌렁 드러누워 바깥의 바람 소리에 귀를 기울였다. 이제 겨울이 완연했다. 산 생활은 어려운 고비를 맞고 있었다. 대장은 닷새 안에 옷을 장만하면 좋겠다고 했다. 하지만 그 위험한 일을 닷새씩이나 끌 수는 없었다. 내일 아침에 솜을 사고, 포목을 끊는 것까지만 확인하면 일단 몸을 숨길 작정이었다. 일이 잘 되고 안 되고는 운에 맡길 수밖에 없었다. 어느새 잠이 달아나고, 하대치는 몸을 뒤척였다. 지주계급과 착취계급을 쳐 없애는 혁명, 소작인들이 공평하게 땅의 주인이 되는 혁명, 가난도 굶주림도 없는 세상을 일으키는 혁명, 아아 그날은 언제나 올 것이냐. 장맛비에 봇물 터지듯 시원한 혁명의 날은 언제나 올 것이냐. 하대치는 주먹을 부르쥐며 다시 몸을 뒤척였다.

정현동 사장이 아침밥을 뜨고 있는데, 바깥에서 사람들 떠드는 소리가 왁자하게 울렸다. 욕설까지 섞인 거친 목소리였다.

"나가 보소!"

정 사장은 아내에게 벌컥 화를 내듯 말했고, 낙안댁은 곧바로 일어섰다.

낙안댁이 마루로 나서자 대문을 사이에 두고 예닐곱 사람이 실랑이를 벌이는 모습이 눈에 들어왔다. 안으로 밀고 들어오려는 쪽과 못 들어오게 막으려는 쪽이 입으로 대거리를 하고 있었다.

"우리 생사가 걸린 문젠께 비켜나란 말시." "쪼깐만 기다리랑께." "아 팍 밀치고 들어가 뿌러." "시방 싸우자는 것이여?" 어지럽게 뒤엉키는 소리를 들으며 낙안댁은 그들이 작인이라는 것을 알아보았다. 그 순간, 저것들이 그 일을 알았단 말인가, 하는 생각과 함께 가슴이 덜컥 내려앉았다. 그러나 우리 땅 우리 맘대로 하는데 저것들이 뭐야, 하는 생각과 함께 마음은 냉정하게 변했다.

그들을 들어오게 해야 할지, 남편을 불러내야 할지 판단을 못 내리고 있는 낙안댁의 눈에 마름 허 서방의 얼굴이 잡혔다.

"허 서방! 거기서 뭘 허고 있소. 싸게 들어오씨요!"

낙안댁의 목소리가 대문 쪽으로 날아갔다. 대문 앞의 소란이 뚝 멎었다.

"어인 소란이냐!"

그새 양복을 차려입은 정 사장이 마루 끝에 버티고 서며 호령했다.

"우리가 거렁뱅이가 아닌게 소란은 아니고라, 쪼깐 따질 일이 있어 왔구만이라."

한 젊은이가 마당을 가로지르며 거침없이 말했다. 목을 쑥 빼고 걷는 걸음새며 그 말투가 아예 시비조였다. 그 뒤로 네 사람이 줄을 이었다. 맨 뒤에 있는 사람이 마름 허 서방이었다.

"허 서방, 요게 무슨 버르장머리 없는 짓거리야!"

정 사장이 허 서방을 질타했다.

"글쎄요······. 중도 들판 논을 다 팔아먹었는지 어쩼는지 나도 통 모르는 일인디, 요 사람들이 나를 막 끌고 오는 바람에 요리 끌려왔구만이라."

먼산바라기를 한 채 말을 질질 늘여 빼는 말투며 힐끔힐끔 곁눈질을 하는 태도는 노골적인 도전이었다. 어제까지의 마름 허 서방이 아니었다. 저것들이 어떻게 그 일을 알았단 말인가, 허 서방 저놈 하는 짓은 또 뭐야, 정 사장의 머릿속은 갈팡질팡이었다.

"이놈아, 감히 누구 앞에서 그따위로 버르장머리 없이 굴어!"

정 사장은 발로 마룻장을 차며 고함을 질렀다.

"엇허어! 이놈 저놈 허지 맙시다. 나도 모르게 땅 싹 팔아 치우고, 관계를 끊은 것이 그쪽인디, 내가 인제 뭐 먹자고 굽실굽실허겄소. 나도 나이 먹을 만치 먹은 몸잉께 말조심허씨요."

허 서방은 허리춤에 두 손을 찌른 채 정 사장을 노려보고 있었다.

"아니, 아니, 저, 저……."

정 사장은 삿대질을 하며 말을 더듬거렸고, "워메, 워메……." 하며 낙안댁은 안절부절못했다.

"허 서방! 말 다 혔어?"

한 남자가 거칠게 내쏘며 술도가 쪽에서 허 서방 쪽으로 내달았다. 낙안댁의 친정 동생 한갑수였다.

"그려, 어쩔껴?"

허 서방이 턱을 치켜들며 맞섰고, 한갑수가 내달아 온 기세 그대로 허 서방의 멱살을 낚아챘다.

"조옹다, 잡은 김에 패대기를 쳐 뿌러라."

아까 앞장섰던 마삼수가 침을 찍 내깔기며 빈정거렸고, "그려, 깨구락지 패대기치듯 한판 혀 봐라."라고 김복동이 맞장구를 쳤고, "워따, 돈 안 들이고 좋은 구경허게 생겼네. 술살이 붙어서 그런가 기운 좀 쓰게 생겼구마." 하며 노덕보가 비실비실 웃었고, 강동기는 팔짱을 낀 채 눈을 찡그리고 있었다. 그들은 회정리 3구에 사는 작인들이었다. 마삼수와 강동기는 20대 후반이고, 김복동과 노덕보는 30대 후반이었다.

"갑수야! 그 손 놔라, 어서."

이쪽에서 먼저 힘을 쓸 일이 아니라고 판단한 정 사장이 처남을 말렸다. 그러면서 그는 서운상에게 분노가 끓어올랐다. 잔금을 치르기 전까지는 비밀에 부치자고 단단히 약속을 하고서는 배신해 버린 것이었다. 허 서방은 끝까지 내 편에 서서 바람막이 노릇을 해 줘야 하는데……, 이럴 줄 알았으면 허 서방한테는 귀띔을 하는 것이었는데……. 정 사장은 때늦은 후회를 씹고 있었다. 그러나 기왕 다 드러난 것, 강하게 밀어붙이기로 했다. 날파리 같은 것들, 제까짓 것들이 날뛰어 봤자 어쩔 거야.

"편케 마름질시켜 준 은혜도 모르는 배은망덕헌 놈 같으니……."

허 서방의 멱살을 놓은 한갑수가 손바닥을 털며 돌아섰다.

"허, 은혜 두 번만 베풀었다가는 나는 똥통에 구더기만도 못할 뻔헜구만."

허 서방이 침을 퉤 내뱉었다. 저놈이 틀림없이 선동을 했구만. 정 사장은 괘씸함을 누를 길이 없었다.

"그래, 내 땅 내가 알아서 처분했다. 건방지게 따지긴 뭘 따지겠다는 게야!"

정 사장이 목청을 돋우었다.

"말 한번 잘혔소. 허나 술도가는 당신 맘대로지만, 농토는 맘대로 못 팔아먹는다 고런 말이오."

마삼수가 삿대질을 하며 대들었다.

"저, 저 시건방진 놈, 내 땅 내가 팔면서 네놈들 허락을 맡을 까?"

"어허, 자꾸 내 땅, 내 땅 허지 마씨요. 토지개혁인가, 농지개혁 인가가 시작되면 그 소유권이 우리헌테 우선적으로 있응께, 우리 도 그 땅의 반임자다 그 말이요."

김복동의 말이었다.

"건방지게, 누구 맘대로 우선적이야, 우선적이."

"나라에서 맹그는 법이 그렇소."

마삼수가 버럭 소리 질렀다.

"버업? 그래, 법 많이들 믿어라."

정 사장은 입꼬리가 처지는 비웃음을 피워 냈다. 법이야말로 돈과 힘의 편이라는 사실을 그는 확고부동하게 믿었다. 왜냐하 면 법이란 언제나 돈과 힘이 있는 사람들이 만들게 마련이었던 것이다.

"두말할 것 없이 아직 잔금을 안 치렀응께 계약을 깨시요. 고런 값이라면 여편네 고쟁이를 팔아서라도 우리가 사겠소."

강동기가 팔짱을 풀며 앞으로 나섰다. 얼굴이 강단지게 생긴 그는 강동식의 사촌 동생이었다.

정 사장은 바짝 긴장했다. 서운상, 그놈이 거래 가격까지 까발 렸단 말인가. 그놈이 무슨 억하심정으로 자신을 이런 궁지에 몰아넣었는지, 정 사장은 환장할 지경이었다. 해약, 어림도 없는 일이었다. 땅을 해약하면 양조장까지 해약이 될 판이었다.

돈이 제대로 돌지 않게 된 서운상은 논을 사들인 값보다 조금 높여 서너 사람에게 내놓다 보니 소문이 번졌고, 그 소문을 들은 작인들은 서운상에게 몰려갔다. 작인들의 서슬에 서운상은 끝까지 잡아떼지 못하고 사실대로 털어놓고 말았다. 이런 내막을 정 사장이 알 리 없었다.

"아, 논을 사려면 서운상이한테 살 일이지 왜 나한테 해약을 하라는 게야."

"그새 논 값이 올라 뿌렀소!"

강동기가 힘주어 말했다.

"허, 그 사람, 잔금도 안 끝내고 돈 벌 심산인가."

정 사장은 헛김 빠지는 소리를 했다.

"고것이 바로 부자라는 놈들이 허는 벼락 맞을 짓거리인 것이여."

노덕보가 화단가의 벽돌을 느닷없이 걷어차며 소리 질렀다. 벽돌 서너 개가 흙을 튕기며 뒤로 누웠다. 낙안댁은 사나운 말이 튀어나오려 했지만 꾹 참았고, 정 사장은 먼 데 눈길을 보내며 못 본 체했다. 뭐라고 하면 금방 벽돌을 집어 던질 것 같았다.

"해약을 허씨요."

강동기가 다그쳤다.

"안 돼."

"허면, 팔아넘긴 값에 우리가 살 수 있게 혀 주씨요."

"못해."

"허면, 팔아넘긴 값허고 서운상이 내라는 값허고, 그 차액을 책임지씨요."

"내가 미쳤간디?"

그때였다.

"야이 죽일 놈아, 니만 사람이고 우리는 짐승이냐. 니 죽고 나 죽자!"

손아귀에 벽돌을 움켜쥔 노덕보가 앞으로 내닫고 있었다. 강동기가 재빨리 그 앞을 가로막았다.

"성님, 요런다고 일이 해결 안 된께 쪼깐만 더 참으씨요."

강동기가 냉정한 얼굴로 말했다.

"우리 밥줄 끊어 놓고도 요것도 못허겄다, 저것도 못허겄다, 천불이 솟아 더 못 참겄다. 저놈 죽이고 나 죽어 뿔란다."

노덕보는 숨을 씩씩거리다가 벽돌을 힘없이 떨구었다. 그의 흐릿한 시야에는 네 자식의 얼굴과 노모와 아내의 얼굴이 어릿거리고 있었다. "말리지 말고 냅둬." "허면, 쓴맛을 뵈여." 마삼수와 김복동이 내뱉었고, 낙안댁은 기둥 뒤에 바짝 웅크리고 있었다. 정사장은 태연한 척 큼큼 헛기침을 했고, 한갑수는 댓돌 아래서 방

어 태세를 취하고 있었고, 술도가 일꾼들은 눈만 멀뚱거리고 있었다.

"다시 말허겠소. 세 가지 중에 하나를 고르씨요."

강동기가 단호하게 말했다.

"안 된다면 안 돼."

정 사장도 단호했다.

"저, 저 도적놈의 심보 좀 보소."

마삼수가 제 손바닥을 주먹으로 치며 기막혀했다.

"저놈이 저리 지독헌 심보를 가졌응께 즈그 아들이 대신 죄닦음 허느라고 빨갱이질을 나섰겄제. 근디도 도적놈 심보 못 고치고 저 지랄허는 것을 본께……."

느물느물 야유를 하던 김복동이 얼굴을 감싸며 비틀거렸다. 한 갑수가 느닷없이 달려들어 김복동의 면상을 갈긴 것이다. 김복동의 코에서 피가 흘렀다.

"오냐, 니놈이 사람을 쳤겄다!"

작달막한 체구의 김복동이 이빨을 빠드득 갈았다. 그러더니 한 갑수를 향해 팽 코를 풀었다. 핏방울이 사방으로 흩어졌다. 그 바람에 한갑수는 엉거주춤 뒤로 물러섰다. 그때를 놓치지 않고 김 복동이 한갑수의 가슴을 치받았다. 이미 눈빛이 이상하게 변해 있던 마삼수·노덕보·강동기도 일제히 한갑수에게 달라붙었다.

마당은 삽시간에 난장판이 되었다.

"어! 어! 저놈들이……." 댓돌로 뛰어내린 정 사장이 허둥거렸고," 사람 죽이네, 사람 죽이네." 하며 낙안댁은 기둥을 부둥켜안은 채 소리를 질러 댔다.

몰매를 때리던 한 사람이 빠져나왔다. 노덕보였다. 그는 화단가로 달려가 벽돌을 집어 들었다.

"제기랄, 죽기 아니면 살기다. 분허고 원통혀서 더는 못 참겄다."

그는 울부짖듯 소리치며 벽돌을 던지기 시작했다. 마루의 유리창이 깨져 나갔다. "내가 새끼들 많고 배포 없어 빨갱이질은 못헌다만, 니놈 하나는 죽일 수 있다." 노덕보는 벽돌을 뽑아 계속 내던졌다. 벽돌은 마루에 떨어지기도 하고, 방문 창살을 부수기도 하고, 벽에 맞고 떨어지기도 했다.

"어이 잘헌다, 시원허게 잘헌다, 얼씨구, 잘헌다……."

한쪽 구석으로 피해 선 마름 허 서방이 히물히물 웃으며 씨부리고 있었다.

어느새 대문 앞에는 사람들이 몰려들었고, 순찰을 돌던 군인 둘이 마당으로 뛰어들었다.

"정지! 정지! 정지하라니까!"

두 군인이 총을 벗어 들며 고함쳤다. 그들은 모두 천천히 두 팔을 들었다.

"이 사람들 이거 어디서 집단 폭행이야. 모두 다섯? 다들 이쪽으로 집합."

군인이 총 끝으로 지시했다.

"나는 아니요. 구경만 혔소."

허 서방이 주춤주춤 물러서며 고개를 저었다.

"좋아, 모두 넷. 경찰서까지 그대로 팔을 들고 간다."

그들은 꼼짝없이 끌려갔고, 허 서방은 구경꾼들 속으로 재빨리 몸을 감추어 버렸다.

벽돌을 피해 안방에 웅크리고 있던 정 사장과 낙안댁은 바깥이 조용해지자 마루로 나섰다. 난동을 부리던 작인들이 간 곳이 없고, 피투성이가 된 한갑수는 정신을 잃은 채 마당에 나둥그러져 있었다.

"저걸 어쩔거나……."

낙안댁이 버선발로 마루에서 뛰어내렸다.

정 사장은 느닷없이 당한 난동이 꿈만 같았지만 한편으로는 앓던 이를 뽑은 것처럼 후련하기도 했다. 앞으로는 더 마음 졸일 필요 없이 잔금 챙길 일만 남은 셈이었다. 처남이 얼마나 다쳤는지 걱정이지만, 그놈들한테 치료비를 물리고 집단 폭행죄로 콩밥을 먹여 버르장머리를 고치리라 작심했다.

정 사장은 미리 서장에게 전화를 하고는 곧 경찰서로 갔다. 그런데 경찰서에서 정 사장을 기다리는 사람은 서장이 아니라 계엄 사령관이었다.

"본 사건을 중시하는 데는 두 가지 이유가 있습니다. 첫째는 본 대가 주둔하고 처음 일어난 집단 사건이며, 둘째는 개인감정으로 일어난 사건이 아니라 토지문제로 일어난 사건이라는 점입니다."

책상에 똑바로 앉은 심재모의 첫마디였다. 정 사장은 자신이 앉아 있는 위치부터 마음에 들지 않았다. 책상 앞에 의자 하나를 달랑 놓고 사람을 앉힌 데다가, 새파랗게 젊은 놈이 꼭 범인을 취조하듯 했다. 벌교 바닥에서 이런 불쾌한 취급은 받아 본 적이 없었다.

"지금 날 취조하는 거요?"

정 사장의 목소리는 터무니없이 컸다.

"사건 경위를 조사하려고 합니다."

심재모는 미동도 하지 않았다.

"경위 조사를 꼭 이런 식으로 해야겠소?"

"여기는 공무를 집행하는 자리입니다. 불필요한 말은 삼가십시오."

심재모는 정 사장의 눈을 똑바로 보았다. 정 사장은 그 매서운 눈빛을 견디지 못하고 슬그머니 고개를 돌렸다. 우리는 죽기로 작정혔소. 굶어 죽으나 그놈 죽이고 감방에서 죽으나 죽기는 매일반

잉께. 소작인들의 절망적인 분노와 정현동의 안하무인격인 우월감이 심재모의 머릿속에서 대비되고 있었다. 이번 사건을 편파적으로 다루어서는 안 된다고 심재모는 또 생각했다.

"그들 네 명이 저지른 집단 폭행은 일단 사건 접수를 시켰습니다. 사건을 공정하게 처리하려면 사건의 원인을 철저히 조사할 필요가 있습니다. 소작인들한테 비밀로 하고 농토를 판 게 사건의 원인인 모양인데, 비밀 거래는 사실입니까?"

"비밀 거래가 아니오. 내 땅 내가 파는데 소작인 놈들한테 일일이 알릴 필요가 있소?"

"좋습니다. 그럼 농지개혁이 될 경우 기존 소작인들에게 농지를 우선 분배할 거라는 사실은 알고 계십니까?"

"그걸 모를 바보가 어딨소."

정 사장은 불쾌한 표정을 지었다.

"좋습니다. 그 사실을 알면서도 소작인들에게 농토 매매를 미리 알리지 않은 이유는 방해를 받을까 봐 그랬군요."

정 사장은 아차 싶었다. 스스로 비밀 거래를 시인한 꼴이 되고만 것이다.

"내 땅 내 맘대로 하는데 제깟 놈들이 방해는 무슨 방해를 해요. 나 그런 뜻 추호도 없었소."

"그럼, 농토를 소작인들 모르게 팔면 소작인들이 갖고 있는 우선권, 즉 재산권 침해가 된다는 사실은 알았겠지요."

"그게 도대체 무슨 소리요. 소작인들의 우선권이란 소문일 뿐이고, 농지개혁법은 아직 만들어지지도 않았어요. 그런데 무슨 재산권 침해 운운하는 거요, 지금."

정 사장은 얼굴이 벌겋게 달아올랐다.

"그럼, 잠정적 재산권이라고 말을 고치지요."

"그것도 말이 안 돼요. 법이 어떻게 만들어질지 모르는데 도대체 소작인이 지주의 땅에 무슨 권리가 있다는 게요."

"좋습니다. 그럼, 농토를 팔면 기존 소작인들이 소작권을 잃게 된다는 사실은 아셨겠지요."

"지 놈들이 새 지주를 찾아가서 다시 소작을 부치든 말든 내가 알 게 뭐요. 한 가지 확실하게 해 둘 말이 있는데, 거기서는 자꾸……."

"잠깐, '거기'라는 말은 나를 두고 하는 말이오?"

심재모의 얼굴이 쇠판처럼 딱딱하고 차가웠다. 정 사장은 가슴이 섬뜩해졌다. 아니꼽고 못마땅한 감정에서 일부러 '거기'라고 불렀던 것이다.

"내 직책은 계엄지구 사령관이오."

"아 예, 죄송합니다. 계엄지구 사령관께서는……." 정 사장은 더욱 아니꼽고 더럽다는 생각이 치밀어 일부러 그 직책을 또박또박

발음하고는 "자꾸 무슨무슨 '권' 자 쓰기를 좋아하는데, 지주권은 있어도 소작권은 없다는 것을 알아야 하오. 지주가 소작을 주면 농사짓는 거고, 소작을 거두면 그만이지, 소작인한테 소작을 지을 권리가 어디 있단 말이오." 하고 말했다.

정 사장은 코웃음을 쳤다. 심재모는, 지주라는 것이 저런 존재들인가, 하는 생각에 정 사장을 물끄러미 바라보았다. 소작권이란 말이 성립이 안 된다면 생존권으로 말을 바꾸려다가 더 들어 봐야 그 소리가 그 소리일 것 같아 심재모는 마음을 닫아 버렸다.

"됐습니다, 돌아가도 좋습니다."

심재모는 의자를 뒤로 빼며 일어섰다.

"아니, 왜 정작 그놈들이 집단 폭행을 하고 난동을 부려 집을 다 파괴한, 진짜 중요한 대목은 묻지 않는 거요?"

정 사장은 벌떡 일어나며 눈을 부릅떴다.

"공정한 수사를 위해 조사 요원을 댁으로 보냈으니 그 점은 염려 안 해도 됩니다."

"그래요오, 공정한 수사, 좋지요. 그러나 계엄지구 사령관이라면 똑똑히 알아 둘 사실이 하나 있소. 그놈들 짓은 단순한 폭력이 아니라 공산주의 사상에 물들어 자행한 집단 폭력이란 사실이오. 어찌 감히 소작인 놈들이 지주 집에 뛰어들어 그런 만행을 저지를 수 있냐 이거요. 이건 사회 기강 파괴 행위인 것이오. 만약 그놈들을 섣불리 다뤘다간 다른 소작인 놈들이 본을 받을 것이니, 이 점 명심해야 할 것이오. 소작인 놈들이 농지개혁이다 뭐다, 괜히 허파에 바람 들어 꺼떡대고 있지만 이 나라는 아직도 지주층이 다스리고 있다, 그런 말이오."

"됐습니다, 잘 알았습니다."

심재모는 말을 중단시키며 오른팔을 문 쪽으로 뻗었다. 정 사장은 마지못해 문을 나서며 오기스럽게 내뱉었다.

"내 말 명심하시오!"

심재모는 책상 위로 눈길을 옮기며 자신이 무심결에 써 놓은 '지주?'라는 글씨를 보았다. 주둔하고 나서 처음 일어난 사건이 반란군에 의한 것이 아니라 의외로 농지 분쟁이었고, 그때까지 지주에 대해 구체적으로 알지 못했던 그로서는 '지주' 뒤에 의문표를 붙이지 않을 수 없었다. 심재모에게 지주라는 개념은 그저 막연하고 상식적인 것이었다. 대대로 땅을 많이 가진 양반들, 많은 소작인들을 거느리고 호의호식하는 사람들, 권력층을 이루고 영향력을 행사하는 사람들, 그런 정도로만 알고 있었다.

"수고하셨습니다."

경찰서장이 들어와 앉았다.

"만나 보니 꽤 복잡하고 심각한 문제라는 생각이 듭니다. 서장님 판단은 어떻습니까?"

"제 생각도 마찬가집니다. 농지 문제라는 것이, 나랏일 중에서 무엇보다 중요한 일이 아닙니까. 특히 농지가 많은 여기 전라도 지방은 더 그렇습니다."

"어떻습니까, 정 사장 같은 지주가 특별난 지줍니까, 아니면 보통 지줍니까?"

"……보통 지주라고 봐야겠지요."

"……지주들이 그런 사고방식을 가지고 있다면 앞으로 이런 일은 계속 일어날 테고, 또 공산주의자들은 그런 불만 요인을 이용할 테고……. 사회 분열 요인을 완전하게 갖추고 있는 셈입니다."

"그런 셈이지요."

"이번 사건을 단순한 집단 폭행으로 처리할 수 없는 건, 그 원인이 생존권 박탈에서 비롯되었기 때문입니다. 이 점을 중요시해야 하지 않을까 생각합니다. 서장님 생각은 어떻습니까?"

"공정한 판단입니다. 그러나 이번 사건을 읍내 지주들이 주시하게 될 겁니다. 그들 편을 들라는 뜻이 아니고, 공정하게 처리하되 그들과 마찰이 일어나지 않게 하시라는 겁니다."

"무슨 말씀인지 알겠습니다. 서장님이 좀 도와주십시오."

"힘닿는 데까지 노력하겠습니다."

심재모는 이번 기회에 농지 문제를 파악해 봐야겠다고 생각했다.

25

농민, 그 사무치는 설움

책방 주인 문기수는 무쇠 난로 옆에 앉아 졸고 있었다. 저녁밥을 배불리 먹고 훈훈한 난롯가에 앉았으니 식곤증이 생긴 것이다. 책방 옆에 붙어 있는 방에서는 정님이가 친구 순덕이와 횟댓보에 십자수를 놓고 있었다. 둘은 수틀 위아래로 손을 놀리면서도 입은 입대로 놀려 이야기가 끊이지 않았다.

"피, 거짓말허고 있네. 본정통에 소문이 짜허든디."

"얼라, 무슨 소문이?"

정님이가 고개를 발딱 들었다.

"솥 공장집 태주허고 니가 그렇고 그런 사이란 것이제."

순덕이는 부지런히 손을 놀리며 말했다.

"가시내야, 딱 부러지게 말혀 봐."

정님이는 순덕이의 팔을 낚아챘다.

"니가 지 것이라고 태주가 떠들고 댕긴다는디?"

순덕이가 정님이의 눈을 빤히 보았다.

"워메, 고런 문딩이 같은 자식!"

정님이가 몸을 벌떡 일으켰다가 부리는 바람에 엉덩이가 방바닥에 철퍽 부딪쳤다.

"궁뎅이에 금 가겠다. 근디 어째서 그 자식이 그런 소리를 허고 댕길꼬?"

순덕이는 고개를 갸웃거렸다.

"그놈이 책 산다고 책방에 오면 책만 딱딱 팔아야 허는디, 우리 아부지가 웃어 주고 말 받아 준께 그 지랄병 허고 댕기는 것이여."

눈자위가 붉어진 정님이는 숨까지 쌕쌕거렸다.

정님이는 정하섭을 생각하고 있었다. 윤태주하고는 인물이나 사람 됨됨이를 비교조차 할 수 없었다. 한 번도 드러내지 못한 채로 그녀는 정하섭에게 쏠리는 마음을 외롭게 간직하고 있었다. 그가 대학생이 되어 서울로 떠난 것도 안타까웠는데, 빨갱이까지 되어 버리자 그녀의 마음은 허전하기 이를 데 없었다.

책방 유리문 밖에서 늙수그레한 여자가 안을 기웃기웃하다가 문을 밀었다. 레일 위를 구르는 작은 쇠바퀴 소리에 놀라 문기수는 잠을 깼다.

"주인이제라?"

여자는 고개만 디밀고 낮고 다급한 목소리로 물었다.

"그런디요."

문기수는 잠이 덜 깬 눈을 껌벅거리며 의자에서 느리게 일어났다.

"요것 받으씨요."

여자가 무엇을 던지는가 싶더니 문을 닫고 황급히 돌아섰다. 문기수는 정신이 번쩍 들어 다급하게 문 쪽으로 내달았다. 시멘트 바닥에는 네모로 접힌 종이쪽이 떨어져 있었다. 전신에 소름이 쭉 끼쳐 왔다. 그것은 살아서 꿈틀거리는 징그러운 벌레와도 같았다. 그는 발로 종이쪽을 밟았다. 그리고 발밑의 종이쪽으로 천천히 팔을 뻗었다. 종이쪽이 손끝에 잡혔다. 그 싸늘한 감촉이 심장을 찔러 왔다.

그는 서둘러 책방의 덧문을 닫아걸었다.

　　최후의 명령이다. 내일 오후 4시에 부용산 용연사 미륵바위 아래로 오라. ☆

종이쪽지에 적힌 내용이었다. 처음에 염상진의 명령일 것이라고 판단한 직감은 쪽지 위의 '별'로 현실이 되었다. '별'은 염상진이라는 뜻이었다. "혁명은 어둠을 밝히는 것이며, 혁명 동지는 어둠 속에서 빛나는 영원한 별이다." 감히 범접할 수 없는 염상진의 말이 쟁쟁하게 울렸다. 문기수는 허둥거리며 종이쪽지를 난로에 넣었다.

심재모는 서민영의 앉은뱅이책상 앞에 단정하게 앉아 있었다. 서민영에게 농촌문제를 듣기 위해서였다. 심재모가 농촌문제를 파악해 봐야겠다고 하자 경찰서장은 김범우를 소개했고, 김범우는 다시 서민영을 소개했다.

심재모는 서민영이 어떤 사람인지 김범우에게 미리 들었다.

서민영은 고흥 사람이었다. 그의 집안은 고흥에서 첫손가락에 꼽을 만큼 널리 알려져 있었다. 그것은 농토가 많은 양반 지주여서도, 높은 권력의 자리를 누리고 있어서도 아니었다. 물론 그의 집안은 지난 왕조에 벼슬자리깨나 누린 거창한 족보를 가지고 있었다. 그런데 사람들이 그의 집안을 첫손가락에 꼽는 까닭은 그 족보를 자랑 삼지 않은 데 있었다. 게다가 100여 마지기의 논을 소작으로 주면서도 가장이 손수 농사를 지었다. 그리고 그의 집안 어른들은 대대로 효과적인 영농법을 개발해, 그것을 주위 사람들에게 일깨우려 노력했다. 그런 가풍은 그의 고조부가 세운 것이었다. 그의 고조부는 실학사상을 받아들인 인물이었다. 그는 다산 정약용이 강진에 유배되어 와 있을 때 절친한 교분을 나눌 만큼 학문이 깊었다. 그가 양반임에도 직접 농사를 짓는 가풍을 세운 것도 우연은 아니었다. 그는 다산의 『목민심서』를 행동으로 옮긴 셈이었다. 그의 고손자 서민영이 중학교를 기독교 재단인 순천 매산학교로 가게 된 것 또한 우연이 아니었다. 다산 집안은 천주교 박해의 소용돌이에 휘말려 그의 셋째 형 약종은 참형을 당했고, 다산은 천주를 부인함으로써 참형을 모면하고 유배의 길을 걷게 된 것이었다.

매산학교를 마친 서민영은 동경제대 영문과를 졸업하고 광주 사범 선생이 되었다. 그는 학교에서는 영어 선생이었고, 일과가 끝나면 농민야학 교장이었다. 농촌계몽 운동은 1920년대 후반부터 시작되어 1930년으로 접어들면서 전국에 걸쳐 일어났다. '브나로드(민중 속으로)'를 외치지 않은 학생이 없을 정도였다. 그 운동은 '아는 것이 힘이다, 배워야 산다.', '가르치자, 나 아는 대로.' 등의 구호를 앞세운 문맹 퇴치 운동 같았지만, 암암리에 독립 정신과 애국정신을 일깨웠다. 이와 때를 같이해서 자유주의, 자유사회주의, 공산주의, 무정부주의 사상이 농촌 사회로 파고들었다. 서민영이 뜻있는 학생들을 이끌고 야학 운동에 열성을 바친 것도 그런 사회 분위기에 포함되는 것이었다. 그러나 일본 식민 정치는 그런 운동을 오래 두고 보지 않았다. 1935년에 농촌계몽 운동은 전면적으로 금지되었다.

야학이 금지되자 서민영은 비밀스런 학생 조직을 만들었고, 한때 염상진, 안창민, 김범우, 손승호 등이 그 영향 아래 있었다. 그는 1941년 공산주의자로 몰려 1년 6개월의 실형을 받았다. 그때 당한 고문으로 그는 왼쪽 절름발이가 되고 말았다. 감옥에서 풀려난 그는 농촌문제에 대한 자료를 모으거나, 책을 읽으며 나날을 보냈다. 해방이 되자 순천사범과 순천중학에서 다투어 찾아왔지만 끝내 교단에 다시 서지 않았다. 그는 자신의 농토를 공동 농장으로 만들고, 야학을 열었다. 일제하에서 중단당한 일을 다시 시작한 것이다. 공동 농장은 그가 꿈꾸던 '이상 농촌의 건설'이었는데, '다 함께 농사짓고, 다 함께 먹고 산다.'는 목표가 기독교 정신 아래 세워져 있었다. 그는 3년 동안 그야말로 '다 함께 농사짓고, 다 함께 먹고 산다.'는 약속을 지켰다. 그는 지주들에게는 못마땅한 존재였지만 그 외의 사람들에게는 더없는 존경을 받았다. 그가 벌교에도 초가삼간을 두고 있는 것은 야학 경영을 위해서였다.

"그래 자네가……. 아니, 내가 자네라고 해도 실례가 안 되겠소?"

심재모의 인사를 받은 서민영의 첫마디였다.

"그러믄요, 저는 배우러 온 학생입니다. 말씀도 낮추십시오."

심재모는 김범우의 말을 들은 터라 자신을 한껏 낮추었다.

"옳지, 말 한번 상 받게 잘하는군. 태도가 그래야 배우는 효과도 나는 법이지."

서민영은 간추린 자료를 앉은뱅이책상으로 옮겨 놓으며 고개를 끄덕였다.

"길게 얘기해 봐야 쓸모없겠고, 중요한 대목만 짚어서 말할 테니 물을 것이 있으면 내 말 끝난 다음에 하시게."

"네, 알겠습니다."

"우리나라에서 농민의 문제는 바로 나라의 문제인 것이야. 조선 시대부터 지금까지 국민의 8할이 농민이기 때문이야. 농민 문제를 잘 푸느냐, 못 푸느냐에 따라 나라의 안정과 불안정이 좌우되는 것도 다 그 까닭이지. 조선 500년의 곪고 곪은 농정 실패와 관리의 타락이 결국은 동학란이라는 농민 봉기를 일으키게 했는데……. 참, 동학란을 아시겠지?"

"예, 얘기 많이 들었습니다."

"암, 당연히 알고 있어야지. 조선이 망한 건 1910년 한일병합으로 기록되어 있지만, 실제로는 그보다 16년 전인 동학란 때일세. 국호를 바꾼다, 왕의 칭호를 높인다, 하는 짓들은 다 허수아비 발버둥에 지나지 않았던 게야. 동학란의 중요성은 크게 두 가지로

나눌 수 있지. 첫째는 농민의 힘으로 집권 세력을 타도하려 한 것
이고, 둘째는 외세 배격이야. 동학란은 전반부에는 착취를 일삼
는 부패한 봉건 체제를 타도하려고 싸우다가, 일본이 개입한 후
반부로 접어들어서는 일본 놈들을 상대로 싸운 거야. 조선왕조
가 그때 무너졌다는 것은, 자체 방어 능력이 없어서 청국과 일본
을 끌어들인 사실을 보면 알 수 있지. 일본이 발악적으로 동학란
진압에 나선 것은, 첫째는 청나라를 압도하고, 둘째는 조선을 손

아귀에 넣으려는 자기들을 방해하는 세력을 없애고자 함이었지. 결국 동학군은 일본 놈들에게 패했지만, 그 의의는 참으로 컸네. 안으로는 봉건 왕권 체제를 타도하고 자기 권리를 찾으려는 사회 혁명이었고, 밖으로는 외세를 물리치고 나라를 지키려는 애국 전쟁을 수행했으니 말이야. 그런 의미에서 볼 때 '동학란'이라는 명칭은 잘못된 게야. 그건 어디까지나 집권 세력 입장에서 붙인 것이고, '난'이란 대의명분 없이 개인적 야망만으로 무력을 행사했을 때 쓰는 명칭이니까. 능력이 없어 국민에게 불신당한 왕조가 어찌 감히 그런 명칭을 붙일 수 있나. 앞으로 반드시 고쳐야 할 거야. 어떤가, 지루한가?"

"아닙니다, 재미……. 아니, 많이 배우고 있습니다."

심재모는 '재미있다'는 말을 꿀꺽 삼켰다. 사실 동학란이라는 것을 배고픈 농민들이 일으킨 난리 정도로 알고 있을 뿐, 그렇게 거창한 의미가 있는 사건인 줄은 몰랐다.

"내가 왜 이렇게 동학에 대해 길게 늘어놓는고 하니, 그것이 그후의 의병 활동, 3·1운동, 독립운동, 소작쟁의로 이어지는 농민 정신의 바탕을 이루기 때문이야. 자, 그럼 본론으로 들어가서, 오늘날 농촌의 문제점인데, 그건 바로 일본 놈들이 침략하면서 만들어 낸 것이니 만큼 한일병합 전부터 훑어야 맥이 잡히게 되네. 일본 놈들은……"

일본은 청나라와의 전쟁에서 승리함으로써 대기업의 자본을 한반도에 끌어들이기 시작했다. 그때 이미 우리나라의 왕과 내각은 정치 수행 능력을 완전히 잃고, 한반도를 식민지로 만들려는 일본·러시아·청국 등의 세력 다툼에 휘둘리고 있었다. 청나라를 물리친 일본은 다시 1905년에 러시아를 이김으로써 우리나라와 을사보호조약을 체결하기에 이르렀다. 이 조약은 일본이 한반도를 독무대로 삼는 법적 근거가 되었고, 식민지로 만들 발판을 완전히 굳힌 것이었다. 그때 일본은 한반도를 식민지로 만들 1단계 작업에 들어갔는데, 그것이 토지 약탈이었다.

일본이 토지에 욕심을 낸 데에는 뚜렷한 이유가 있었다. 첫째가 식민지화를 위한 세력 확대였고, 둘째가 이윤이 큰 사업이라는 점이었다. 한반도 농토는 일본에 비해 열 배에서 서른 배까지 쌌다. 그런데 소작 조건은 지주에게 수확량의 절반을 바치도록 유리하게 되어 있었다. 땅을 사서 소작을 주면 이윤이 엄청난 장사였다.

땅 확보와 함께 일본인의 이민이 뒤따랐는데, 1907년 3월에 10만 280명이 우리나라에 거주하고 있었다. 이들이 소유한 토지는 대략 12만 9,300여 정보(3억 8,790만 평)에 이르렀다.

"……그러니 이 나라는 한일병합 이전에 벌써 일본 자본의 식민지가 되고 말았던 게야. 이 대목에서는, 일본을 탓하기 전에 우리의 어리석음을 먼저 반성해야 하네. 역사를 돌이켜 보는 목적은 지난날의 어리석음을 되풀이하지 않으려는 데 있으니까. 다음은 한일병합으로 넘어가세나."

완전히 국권을 잃은 한일병합이 되면서 일본은 '토지조사사업'을 본격화했다. 그 목적은 첫째, 식민지 지배 정책을 효과적으로 수행하기 위해 식민지인의 재산권을 파악할 필요가 있었고 둘째, 옛날부터 토지 소유 문서가 불확실했던 허점을 이용해 토지를 빼앗을 계기를 만들어야 했으며 셋째, 세금 확보를 위해서였다.

이미 1908년에 세운 동양척식주식회사가 토지조사를 맡았다. 조선총독부가 만든 '토지조사령'이란 법령은 일정 기한 안에 자기 소유의 토지를 신고하게 하고, 그 기한 안에 신고하지 않으면 토지 소유권을 인정하지 않았다. 그리고 토지조사위원회를 만들었다. 각 도마다 위원장은 도지사였고, 다섯 명의 위원 중 세 명은 친일파 관리였고, 나머지 두 명이 지주를 중심으로 한 지방 유지들로 짜여졌다. 그 아래 조직은 지방관청의 관리를 중심으로 면장·이장·지주 대표로 구성되는 지주위원회였다. 거기에는 지방관청에서 뽑은 마을 지주 대표 두 사람이 끼어 있었다. 그들의 임무는 농민이 자기 땅의 신고서를 제출하면 그 내용을 검토해서 도장을 찍는 것이었다.

토지조사가 시작되자 지방마다, 마을마다 말썽이 생겨났다. 그중 가장 심각한 문제는 정해진 기한 안에 신고를 못해 소유권을 빼앗긴 경우였다. 홍보를 제대로 하지 않아 날짜를 놓친 사람들도 있었지만, 대부분은 글을 모르는 농민들이 당한 수난이었다. 그다음은 공동소유인 땅을 한 사람이 신고하면 그 사람의 소유권으로 인정해 버려 생겨난 문제였다. 그리고 지주위원회에 소속된 지주 대표의 만행이었다. 그들이 신고서에 도장을 찍어 주지 않으면 그대로 토지를 빼앗길 수밖에 없었다. 그들은 그 권한으로 무지한 농민의 땅을 가로채거나, 땅의 일부를 상납 받고 도장을 찍어 주는 횡포를 저질렀다. 또한 조선 시대부터 조상 대대로 경작해 오던 공전을 모조리 국유지로 편입시켜 소유권을 빼앗았다.

"결국 토지조사사업이란 악랄한 토지 탈취 작업이었던 게야. 뻔뻔스럽기 짝이 없는 왜놈들이지. 토지조사는 8년 만에 끝났는데, 이 자료를 보면, 1921년에 동척이 소유한 땅이 9만 9,480정보였구먼. 동척은 이 나라에서 으뜸가는 지주가 된 셈이지. 동척뿐만 아니라 일본인 지주와 우리나라 지주들까지 토지 약탈에 나섰으니 수많은 농민들이 하루아침에 파산하고, 농촌 사회는 파탄에 빠지고 말았지. 이때부터 우리 농촌의 참담한 현실이 시작된 게야."

토지를 약탈한 일제는 소작 경영에서 더 치밀한 방법으로 수탈에 나섰다. 첫째, 소작 기간을 최대한 짧게 정했고 둘째, 소작 계약을 문서로 만들었으며 셋째, 고리채를 실시했다.

일제는 소작 기한은 보통 1년으로 정했다. 그 전에는 소작 기한이라는 것은 아예 없었다. 소작 기한을 짧게 함으로써 농민들이 서로 소작을 얻으려고 다투게 하고, 그렇게 해서 자기들에게 유리한 새로운 조건을 덧붙여 나갔다. 그 결과 소작료 5할 말고도 각종 공과금(수리조합비·지세·비료값·종자값·타작마당 사용세·운반비 등)을 소작인이 부담해야 하는 악조건이 생겨났다. 그렇게 해서 소작인들은 보통 수확량의 7할 이상, 심한 경우에는 8할에서 9할까지 착취당하게 되었다.

"왜 고개를 젓나. 믿어지지 않아서가 아니라 기가 막혀서겠지? 식민지 시대에 우리 농민들은 그리 어렵게 살았어. 옳지, 1932년 4월 29일자《동아일보》기사인데 들어 보게나. 이 나라의 소작료는 세계 최고율로, 8할에서 9할에 이르는 곳도 있다. 특히 심한 곳은 삼남 지방이며, 그중에서도 심한 곳은 전라도 지방이다, 이리 돼 있구먼."

"선생님, 그런 악조건 밑에서 농부들은 집단 항의도 못했단 말입니까?"

"물을 게 있으면 내 말 다 끝난 다음에 하랬지? 자네가 말한 집단 항의를 '소작쟁의'라고 하는데, 치열하게 했지. 내가 순서대로 차근차근 말할 테니까 진득하니 기다리게나."

"네, 죄송합니다."

"소작 기한이 1년인 것이 전 소작의 7할이었어. 나머지 3할은 2년이나 3년이었는데, 그나마 조선인 지주들이 베풀어 준 은혜라고 해야 할까? 그러나 자기 이익 앞에서는 조선인 지주들도 거의가 일본 놈 지주들과 똑같았어. 일본의 식민정책은 지주를 보호하는 것이었으니까 조선인 지주들도 법의 보호를 받아 가며 마음대로 착취했고, 그 대가로 일제에 기부금을 내고 헌납을 하고 그랬던 거지."

소작 계약을 문서로 만든 것도 일본인들이 고안한 방법이었다. 그것은 소작인이 계약 조건을 위반할 수 없게 했고, 만약 계약 조건을 위반했을 때는 법적 조처를 취할 수 있게 하려 함이었다.

일본이 고리대금을 실시한 것은, 손쉽게 높은 이자를 받을 수 있는 데다 농토를 빼앗기 위한 적극적 수단이기 때문이었다. 피할 수 없는 사정이 생겨 높은 이자의 돈을 빌려 쓰게 되면 결국 그 이자 때문에 농토를 빼앗길 수밖에 없었다. 해가 갈수록 소작인이 늘어난 것은 바로 이 고리채 때문에 자작농들이 농토를 잃었기 때문이다.

"선생님, 죄송스럽습니다만 하도 답답해서 여쭙지 않을 수가 없습니다. 지주에게 칠팔 할씩 바쳐야 하는 소작인들은 대체 무슨

수로 살았단 말입니까?"

심재모의 말에 비장감이 서려 있었다.

"그래, 분이 솟을 만한 일이지. 소작인들의 생활이 어디 생활이었겠나. 내 말보다 왜놈이 직접 쓴 글을 읽어 보는 것이 더 실감나겠지. 여기 농업경제학자 히사마 켄이치라는 자가 쓴 글이 있구먼. '……밥은 죽으로, 쌀은 잡곡으로, 그 잡곡도 만주산 조로, 그러나 대부분의 농민들은 만주산 조를 사 먹기도 어려워, 조선

술의 찌꺼기나 쌀겨를 섞은 채소나 마른 풀로 끓인 멀건 죽으로 연명하며, 그마저 얻기 어려우면 친척집을 전전하거나, 그것도 여의치 못한 사람들은 거지가 되어 유랑 걸식하고 있다.' 이런 지경이니 빚 때문에 딸을 지주에게 바치는 일쯤은 예사였고, 그래도 못 견디겠으면 야반도주를 해서 만주나 간도로 가거나 화전민이 되기도 했지. 자, 지금까지 전반적 실태를 얘기했으니, 이제 소작 쟁의에 대해 얘기하지. 지루하지 않으신가?"

"아닙니다. 정말 많이 배우고 있습니다."

"다행이군. 그러니까 그런 악조건 아래서 사람이 견딘다는 것은 한계가 있는 법이지. 그런 악조건을 개선해야 하는데 혼자 힘으로는 불가능하니 자연히 힘을 뭉칠 수밖에 없는 게지. 암암리에 뭉쳐진 그 농민의 힘이 폭발한 것이 바로 3·1운동이네. 자네 기미독립선언문의 내용을 기억하는지 모르겠는데, 그 내용을 보면 나약하기 짝이 없어. 평화적으로 독립을 찾으려 한다는 것이 골자인데, 정작 규모는 전국적이었고, 방법은 투쟁적이었네. 누구 때문에 그렇게 되었겠나. 바로 농민들 힘이었어. 농민들은 그 기회에 일본 놈들을 이 땅에서 몰아내려 했지. 그렇지 않고서야 투쟁이 그렇게 격렬해질 수 없지. 민족 대표라는 사람들도 그렇게 크고 치열한 항쟁이 될 줄은 예상하지 못했을 거야. 농민들이 그렇게 용감하게 나선 것은 생존권을 찾고자 하는 욕구와 동학 봉기의 정신이 밑바탕에 깔려 있었기 때문일 게야. 그 투쟁에서 죽은 농민이 8천여 명, 검거된 농민이 5만 3천여 명이었으니, 3·1운동의 실질적 주체는 농민이었다고 해도 지나치지 않네. 비록 3·1운동이 성공하지는 못했지만, 농민들은 자기가 혼자가 아니라 어떤 큰 힘 속에 포함되어 있다는 자각을 얻었네. 그것을 굳이 이름 붙이자면 '민족적 자각'이라고 할 수 있겠지. 1920년대부터 해방이 되기까지 전국에서 끊임없이 일어났던 소작쟁의는 그런 자각 아래서 벌인 생존권 투쟁이고 항일운동이었네. 조직된 힘으로 우리나라 최초로 소작쟁의를 일으킨 곳이 바로 여기서 60리 밖에 있는 순천이네. 3·1운동 다음 해인 1920년 그들은 '농민대회'라는 단체를 결성하고 '부당한 소작권 이동 폐지'를 내걸고 투쟁한 거야. 그 단체를 시작으로 해마다 농민 단체가 늘어났는데, 13년 후인 1933년에는 전국에 일천삼백오십일 개로 늘어났네. 1920년부터 일제는 그 악질적인 치안유지법을 시행했는데도 농민 단체가 점점 늘어났음은 무엇을 의미하겠나. 바로 3·1운동에서 얻은 민족적 자각이 소작쟁의로 드러난 것이네. 소작쟁의 때 내건 요구는 대체로, 소작권 이동 반대, 소작료 인하, 각종 공과금의 지주 부담 등이었지."

1930년대로 접어들면서 소작쟁의는 한층 격렬해졌다. '토지는 농민의 것으로.', '일제를 타도하라.' 같은 전투적 구호를 내걸고 주재소·동척 지사·군청·면사무소 등을 습격했다. 그것은 경제투쟁이 정치투쟁으로 바뀌었음을 의미했다. 그에 따라 일제는 더 철저한 탄압을 가했다.

농민 단체는 세 가지로 나눌 수 있었다. 첫째는 공산주의적 성격, 둘째는 민족주의와 사회주의가 복합된 성격, 셋째는 온건한 성격의 단체였다. 그런데 일제는 모든 농민 단체를 공산주의 운동을 하는 것으로 몰아 치안유지법으로 탄압했다. 농민 단체들은 해체의 위기를 맞았고, 공산주의 성격의 단체들은 지하로 잠적했다. 일제는 그들의 농민운동을 '적색농민조합운동'이라고 부르며 탄압의 고삐를 늦추지 않았다.

"이렇게 지주의 착취와 소작쟁의와 무력의 탄압이 뒤섞이면서 1930년대가 지나고, 1940년대로 접어들면서 중일전쟁을 치르랴, 태평양전쟁을 일으키랴, 일제의 발악이 극에 달했으니 농촌의 피폐함은 더 말할 것도 없었지. 농민은 지주의 착취만이 아니라 징용·징발·징병·여자 정신대·보국대 등으로 끌려갔고, 공출도 의무화되었네. 공출은 쌀만이 아니고 잡곡·면화·삼·채소·고사리·칡넝쿨까지 40여 가지였으니 농민들 생활이 어찌 됐겠나. 그렇게 기막히게 몇 년을 살다가 해방이 된 게야. 여기까지가 제1 단계네."

서민영은 깊은 눈길로 심재모를 바라보며 긴 숨을 내쉬었다.

"선생님, 뭐라고 감사의 말씀을 드려야 좋을지 모르겠습니다."

심재모는 그분의 진지한 태도와 최선을 다하는 성의에 가슴이 뻐근했다.

"고맙기는, 열심히 들어 줘서 내가 외려 고맙구먼. 그럼 제2 단계를 짧게 정리하고 얘길 끝내기로 하지. 제2 단계란 말할 것도 없이 해방 이후와 미 군정이 되겠지. 이북을 소련군이, 이남을 미군이 점령하고 양쪽에 자기들식의 정권을 세우려고 한 의도야 뻔한 것이니 더 말할 필요가 없겠네. 그런데, 미·소는 자기네식 정권을 세우는 데 있어서 큰 차이점을 보였네. 이북은 친일파·민족반역자들을 완전히 숙청했네. 그래서 50만이 넘는 친일 반민족자들이 삼팔선을 넘어 이남으로 도망을 나왔지. 그런데 이남에서는 이북과는 반대로 친일 반민족자들을 감싸고 보호하며, 그들을 핵심 세력으로 해서 정권을 세웠네. 그 차이란 뭔가? 한쪽은 절대다수의 민중들이 권력 기반을 이룩했는데, 다른 한쪽은 극소수의 반민중들이 또다시 다수 민중들을 노예화한 것이네. 그 차이에 따라 당연하게 나타난 현상이 이북의 전면적인 토지개혁 단행과 이남의 법조차 아직 만들지 못하고 있는 처사 아니겠나? 미군정이 그런 일을 저지르면서 생겨난 문제가 한두 가지가 아니지만, 자네가 알고자 하는 문제를 살펴보자면 1946년 10월부터 11월까지 일어난 민중 봉기를 들어야겠지."

"대구에서 일어난 10·1폭동 말씀이신가요?"

"맞네. 10·1폭동이라……. 그래, 자네가 군인이니까 그렇게 부르는 것을 이해해야겠지. 명칭에 대해선 내 이야기를 듣고 나서 생각해 보도록 하세. 농민들이 주축이 되고, 학생이나 선생들까지, 그러니까 민족적 양심을 가진 사람들이 하나가 되어 일어난 그 사건은 미 군정에 대한 항거인 동시에 미 군정 정책의 실패를 입증한 것이었네. 친일 반민족 세력을 옹호하다 보니 그들의 반대에 부딪혀 농지개혁은 실행할 수가 없지, 그러면서 미곡 수집책을 강제로 단행해서 민중들의 생활을 도탄에 몰아넣었지, 친일 반역 세력의 횡포는 날로 심해지지, 그러면서 미 군정에 불만이 쌓일 대로 쌓여 터진 것이 바로 그 사건이네. 그 사건이 일어나면서 외친 구호들을 간추리면 세 가지야. 첫째가 미곡 수집 없애고 토지 개혁 단행하라는 생존권 문제였고, 둘째가 조선은 미국의 식민지가 아니라는 민족의 자존심 문제였고, 셋째가 경찰이나 포악한 지주들을 표적으로 삼은 친일 반민족 세력의 척결 문제였지. 민중들은 무서운 기세로 일어났는데, 그 큰 규모로 보나 치열함으로 보나 그 사건은 미 군정을 상대로 한 일종의 전쟁이었네. 나도 그 틈에 끼었던 한 사람으로서, 미군들이 행사한 폭력은 가관이었지. 완전히 적을 섬멸하는 식으로 탱크는 말할 것도 없고 비행기까지 하늘에 띄웠으니까. 미군이 점령군이고, 우리 땅을 식민지

화하려는 의도를 숨김없이 드러낸 것이지. 수많은 사람이 죽었고, 죽은 사람의 몇 배가 부상을 당했고, 부상당한 사람의 몇 배가 잡혀가 고문을 당했고, 그리고 수없이 감옥에 갇혔네. 그 사건은 어느 모로 보나 동학혁명이 다시 일어난 것이라고 해야 옳아. 그래서 나는 '10·1폭동'이라 하지 않고 '민중 봉기'라고 한다네. 나만 그리 부르는 것이 아니라 당시의 신문들도 거의가 민중 봉기라고 썼지. 물론 경찰에서는 가담자들을 모두 좌익으로 몰았네. 그러나 좌익은 극소수였고, 대부분 순수한 민족애와 절박한 생존 욕구를 가진 사람들이었지. 결국 그 봉기가 실패로 끝나자 미곡 수집은 강행됐고, 경찰을 포함한 우익의 횡포는 앙갚음이라도 하듯이 날로 심해지면서 오늘에 이르렀네. 여기서 한 가지 중요한 대목이 있네. 그때 봉기가 궁지로 몰리면서 경찰에서는 젊은이들을 무작정 잡아들였는데, 그 위험을 피해 많은 젊은이들이 군대로 들어갔네. 그들의 상당수가 14연대를 이루고 있다는 사실이네."

"아니, 그게 그렇게 됩니까?"

심재모가 놀라 눈을 크게 떴다.

"그렇다네. 세상일이란 시작 없는 끝이 없고, 나무는 괜히 흔들리는 게 아니지. 어쩔 수 없이 군인이 된 그 젊은이들이 현 정권에 품은 원한을 잊었을 리 없고, 더구나 수많은 농민들이 갈수록 나빠지는 정책에 시달리면서 가슴속에 차곡차곡 쌓은 게 뭐였겠나? 자, 이만 내 얘기는 끝내기로 하겠네."

서민영은 마른 입술을 훔치며 자리를 고쳐 앉았다.

"선생님, 정말 수고하셨습니다." 심재모는 머리를 조아리고는 "말씀을 듣고 보니 이번 사건도 일종의 소작쟁의인데, 저로서는 어떻게 다뤄야 할지 모르겠습니다. 정 사장이 나쁘고, 소작인들의 요구가 정당하다는 쪽으로 생각이 기울었는데, 선생님 말씀을 들으니 더 그쪽으로 기울어집니다. 그렇다고 소작인들을 바로 풀어 줄 수는 없는 일입니다. 무슨 좋은 방안이 없겠습니까."라고 물었다.

"소작인의 입장을 이해하는 건 참 고마운 일이네. 그런데 지주의 행위는 도의적인 문제일 뿐 법적으로 잘못이 없고, 소작인들의 행위는 도의적으로 동정은 가지만 법적으로 잘못을 저질렀으니……. 낸들 당장 묘책이 있겠나. 두고 생각해 보세. 그런데 그 사건을 자네 권한으로 처리할 수 있는가?"

"네, 계엄이니까 가능합니다."

"그렇다면 무슨 방법이 있겠구면."

서민영이 느릿느릿 고개를 끄덕였다.

"지주와 소작인의 문제가 해결되지 않는 한 빨갱이 문제도 해결되지 않을 것이란 생각이 듭니다. 이번 반란 사건도 공산주의

자들의 반란만이 아니라 일제 때의 소작쟁의 같은 성격이 있다고 보이는데, 제 생각이 틀렸습니까?"

"허어! 아주 정곡을 찌르는군. 평소의 식견인가, 교육의 효관가?"

눈을 크게 뜬 서민영은 밝게 웃었다.

"물론 교육의 효과입니다."

심재모는 쑥스럽게 웃었다.

"그렇네. 내가 처음에 농민 문제가 곧 나라의 문제라고 하지 않았나. 이 나라는 지금 가장 중대한 문제를 덮어 놓고 있네. 지주들과 결탁해서 권력을 잡은 정부이기 때문이야. 지주치고 친일파에 민족 반역자 아닌 자는 1퍼센트도 안 될걸세. 그들은 일제 치하에서 지은 죄로 해방과 동시에 마땅히 모든 기득권을 박탈당해야 했고, 민족 앞에 사죄해야 했네. 그리고 모든 소작인은 지주들의 땅을 분배받았어야 하지. 그런데 미국 세력이 작용하고, 이승만은 집권 야욕으로 민족을 배반하고, 지주계급들은 자기 방어를 위해 뭉치고, 그러면서 오늘에 이르렀네. 내 걱정은 현 정권이 농민이나 반대 세력을 일본 놈들식으로 무작정 공산주의로 몰아가는 것이야. 참으로 큰일 날 일이지. 일본 놈들한테 배워도 못된 것만 배웠어. 물론 공산 세력이 이끌던 농민 단체도 있었네. 그러나 거기에 연관된 농민을 모두 공산주의자로 모는 건 위험천만한 짓이야. 설령 그들이 공산주의적 구호를 외쳤다고 하더라도 그건 어디까지나 생존권을 지키기 위한 소작쟁의의 수단일 뿐이었어. 그들이 마르크스 철학에 대한 신조가 있었던 것도 아니고, 공산주의 사상으로 무장한 것도 아니야. 당장 농지개혁을 해서 논밭을 분배해 봐. 이번에 입산한 농민들 90퍼센트는 아마 하산하게 될 거야. 자기들이 원하던 게 이루어졌는데 공산주의를 따를 이유가 없지 않은가. 현 정부는 그 간단한 방법을 쓰지 않고 공산주의만 척결하려 하고 있어. 말이 해방이지 정치하는 방식이나, 지주들이 그대로 군림하고 있는 것이나, 변하지 않은 소작 조건이나, 일정 때와 다를 바가 없네. 그러니 소작쟁의가 계속될 수밖에. 친일파 지주계급들, 참 짐승만도 못한 족속들이야. 일제 때의 죄를 뉘우치기는커녕 미 군정과 야합해서 더 부자가 되지 않았는가. 그 부귀영화를 지키기 위해서 앞으로도 반대 세력을 공산주의자로 몰아붙이겠지. 이런 식으로 나가다간 점점 더 문젯거리가 생길 거야. 이 나라 장래가 큰 걱정이네."

책 냄새 그득한 방에는 침묵이 한 겹씩 내려앉고 있었다.

26

겨울 달빛 실린 고샅길

 안창민의 어머니 신씨는 햇볕이 가득한 마루에 쪼그리고 앉아
있었다. 얼굴에는 병색과 함께 근심이 서려 있었다. 신씨는 테러
를 당한 후유증이 거지반 회복될 즈음에 병원 사건을 알았다. 아
들이 피했다니 그나마 다행이었지만, 다리에 총을 맞은 채로 산
생활을 할 아들 걱정에 신씨는 다시 앓아눕고 말았다. 열에 시달
리면서도 신씨는 그저 나무관세음보살을 외고 그저 꼭꼭 숨어
견디라는 말만 되뇌었다. 아들을 걱정하는 마음 한편에는 전 원
장과 이지숙 선생에 대한 염려가 떠나지 않았다. 신씨는 하루라
도 빨리 일어나려고 애썼다. 재판을 받는다는데 그 뒷바라지는
당연히 자신의 몫이었다. 사나흘 전부터 겨우 열이 가셨고, 차츰

몸에 기운이 도는 듯해 마루에 나앉은 것이었다.

신씨는 이지숙을 생각했다. 방 서방이 전한 말로는 재판에 넘겨지기 전에 벌써 말 못할 고초를 당한 모양이었다. "다 사랑혀서 헌 일라 빨갱이죄는 면혔다는구면요. 얼마나 다행스런지 모르겄구만이라." 방 서방은 연방 벙글거리며 말했었다. 이지숙이 빨갱이죄를 면혔다는 건 신씨에게도 기쁨이었다. 그러나 '모두 사랑해서 한 일'이라는 말 앞에서 신씨는 가슴이 메었다. 여자의 몸으로 남들에게 그런 말을 했다는 것은 이미 한 남자에게 일생을 바칠 각오가 되었다는 뜻이었다. 신씨는 이지숙을 며느릿감으로 받아들일지 말지 따질 단계가 아님을 잘 알고 있었다. 이지숙은 아들을 무사히 도망시킨 은인이고, 그 죄로 갇히기까지 했다. 이지숙은 당당히 남편을 얻은 것이었다.

"아짐씨, 바람 끝이 매운디 감기 들면 어쩌실라고 나와 계신가요?"

대문을 들어서던 방 서방이 놀란 듯한 목소리로 말했다.

"뭐헐라고 또 오시는가. 앉소."

신씨는 희미하게 웃었다.

"요것, 잣죽에다가 갈치속젓으로 무친 배춧속이구만이라."

방 서방이 작은 보퉁이를 마루 끝에 놓고 앉았다.

"이 시끌시끌헌 시국에 귀헌 잣은 어찌 구했는고. 너무 애쓰지

마소. 내가 옹색스럽네."

　"옹색스럽기는 뭐가 옹색스러라. 우리가 입고 있는 음덕에 비허면 요것이 무슨 애쓰는 것이간디라."

　방 서방은 둥실둥실하게 생긴 무던한 얼굴에 웃음을 담아 가며 이야기했다.

　"방 서방 안사람이 고생이제. 잣죽이 손 가는 음식이니. 맹글어 보낸 가실댁 정성을 생각혀서라도 한술 떠야제."

신씨는 두 손을 무릎에 받치고 힘겹게 몸을 일으켰다. 방 서방은 위태위태한 기분으로 신씨의 거동을 지켜보며, 저 맘씨 고운 마나님이 아들 때문에 지레 무슨 일 당허겄다, 속으로 혀를 찼다. 신씨가 몸을 제대로 가누기를 기다려 방 서방은 방문을 열었다.

"읍내 무슨 일 없제?"

신씨는 문지방을 넘어서며 물었다. 방 서방이 올 때마다 똑같은 물음이었다.

"야아, 술도가집 일 말고는 별일 없구만이라."

"그래, 그 일은 어찌 돼 가는고?"

"아직 조사가 덜 끝났다고 허드만이라."

"정 사장이 나서서 풀어 주라고 해야 헐 것인디. 불쌍헌 사람들 헌티서 소작 뺏었으면 됐제 죄까지 살리겄다고 혀서는 안 될 일이제. 정 사장도 욕심 쪼끔 줄이고 남 가슴에 못 치는 일 안 혀야 쓰는디."

신씨는 중얼거리듯 말하며 아랫목 요 위에 앉았다.

방 서방은 요 밑에 손부터 넣어 보았다. 방바닥은 미지근했다.

"드시고 계시씨요. 지는 나가서 군불 좀 때고 오겄구만요."

"힘드는디 그만두시게. 나 안 추워."

"젊은 지가 썰렁헌디 아짐씨야 나이 잡순 데다가 몸도 성치 않으신디요."

신씨는 고개를 보일락 말락 끄덕이며 보자기를 끌렀다. 방 서방을 중심으로 다섯 명의 작인들이 지성스럽게 돌봐 주는 게 신씨는 더없이 고마울 뿐이었다. 잣죽은 놋그릇에 담긴 데다가, 그릇을 다시 솜 보자기로 감싼 탓에 금방 솥에서 퍼낸 것처럼 따끈따끈했다. 알뜰살뜰한 가실댁의 정성이 잣죽만큼 따끈하게 신씨의 가슴에 전해져 왔다. 보시기에 담긴 배춧속 무침은 보기만으로도 맛깔스러워 어금니 사이에서 신 침이 배어났다. 신씨는 갈치 속젓의 고소름한 향내를 맡으며 숟가락을 들었다.

소작인들의 지성스러움은 다 신씨의 베풂이 되돌아오는 것이었다. 그러나 신씨는 자신의 베풂을 잊어버리고 소작인들이 알뜰하고 깍듯하게 하는 것만을 고맙게 여겼다. 애초에 소작료를 파격적으로 내리자고 한 것은 안창민이었고, 신씨는 두말없이 동의했다.

"그동안 제가 학교를 다니느라 어쩔 수 없이 소작료를 높게 받았지만, 제가 인제 월급을 받게 됐으니 당연히 낮춰야 하지 않겠습니까."

"장한 생각이다. 그리혀야지."

안창민의 소작인 다섯은 4할씩 내던 소작료를 2할씩만 내게 되었다. 안창민의 말로는 전에 소작료를 높게 받았다고 했지만, 4할씩 받은 데서 제세 공과금을 물었으므로 안창민네 작인들은 다른 작인들에 비해 엄청난 혜택을 받아 온 터였다.

소작료를 2할로 내리고도 만족해하지 않는 아들의 마음을 신씨는 다 헤아리고 있었다. 그녀는 아들이 하는 운동이 무엇인지 대충 알고 있었다. 언젠가 아들은 농지의 소유권까지 소작인들에게 넘겨주자고 할 것이었다. 그런 날이 오면 신씨는 또 아들의 의견을 따를 마음이었다. 아들이 하는 운동에 동조해서가 아니었다. 부처님의 말씀으로 마음을 채우고 사는 신씨는 재물에 별다른 애착이 없었다.

"쪼깐 기다리면 방이 뜨셔질 거구만요."

방 서방이 윗목에 무릎을 꿇고 앉았다.

"애썼네. 편히 앉게나. 김치가 맛나서 잣죽을 다 먹었네. 가실댁이 워낙 손끝이 매시라운 사람이제."

"……아짐씨가 많이 드신 걸 본께로 지 맘이 아주 좋구만이라."

방 서방은 잣죽 그릇을 비운 게 그렇게 좋을 수 없었다.

"방 서방, 장날이 언젠가?"

"바로 내일인디요."

"내일 장에 쌀을 다 냈으면 허는디, 손이 나겠는가?"

"하면이라. 김 서방·임 서방 불러서 후딱 해치워 뿔제라. 근디 인제 겨울이 시작인디 어째서 쌀을 다 내실라고……."

자기네들이 내는 소작료가 손바닥 들여다보듯 환해서 앞으로

1년을 살자면 별로 여유가 없음을 방서방은 알고 있었다.

"창민이 살리느라고 원장님이 그 고초를 당허고 계신디, 내가 힘닿는 데까지는 뒷수발을 혀야제."

"그렇구만이라. 원장님이나, 이 선생님이나, 간호부나 다 고마운 사람들이제라."

방 서방은 크게 고개를 끄덕였다.

"내일 아침 일찍 냈으면 싶으네."

"그러면 일찍 오겠구만요."

방 서방은 빈 보퉁이를 들고 일어났다.

방 서방은 고샅을 걸으며 안창민을 생각했다. 체구는 작지만 통이 크고, 세상 이치 모르는 것 없는 똑똑한 사람이었다. 나라에서는 죄인 취급 할망정 자기네 소작인들한테는 더없이 고맙고 존경스러운 사람이었다. 안창민도 안창민이지만, 그 어머니 신씨의 한량없이 넓은 마음은 눈물겹게 고마웠다. 그분은 펄쩍 뛰었지만 작인들의 입에서는 저절로 '생불' 소리가 나왔다.

"아저씨들은 우리 집 종이 아닙니다. 그러니까 마님이라고 하지 말고 그냥 아주머니라고 불러요."

'마나님'을 '아짐씨'로 바꿔 부르며 자꾸만 더듬거렸던 것은 입버릇이 고쳐지지 않기도 해서였지만, 그보다는 꼭 죄를 짓는 듯한 황송함 탓이었다. 자기네를 스스럼없이 '아저씨'라고 불러 주는 안창민의 과분한 사람대접은 소작료를 내려 주는 것만큼이나 고마운 일이었다.

방 서방은 김범우네 작인 방찬돌의 동생이었다. 자기네 형제가 복이 많아 인심 좋은 주인을 만났음을 방 서방은 늘 마음에 새기고 있었다. 그런 마음 한구석에는 형에게 으스대고 싶은 유혹이 간지럼처럼 스멀거렸다. 김사용 어른네가 아무리 인심이 후하다지만, 신씨네 인심에는 비할 바가 아니었다.

병원 사건이 일어난 다음부터 방 서방은 청년단에 몸담고 있는 조카 만복이를 뻔질나게 찾아다녔다. 병원 사건이라면 무엇이든 자세하게 알고 싶어 하는 신씨를 위해서는 그 방법밖에 없었다. "작은아부지, 행여 그쪽 세포 노릇은 아니겠제라?" "이놈아, 은혜 갚음이라고 얼마나 더 말해야겠냐." "쪼깐 삐딱혔다가는 작은아부지나 나나 절딴 난께 허는 말이제라." 조카 놈한테 가당찮은 의심을 받아 가면서도 찾아다닐 수밖에 없었던 것은, 그래도 그놈이 뱉어 주는 소식이 빠르고 자세하기 때문이었다.

내일 쌀을 다 팔면, 다섯 작인이 힘을 모아 신씨를 받들어야 한다고 방 서방은 마음을 굳히고 있었다.

문기수는 다리쉼을 하느라고 바위에 걸터앉아 시계를 꺼내 보았다. 시간이 아직 30분이나 남아 있었다. 용연사가 멀지 않으니

시간은 충분했다. 그는 멀리 눈길을 보냈다. 긴 포구가 한눈에 들어왔다. 석양빛을 담뿍 받고 있는 그 풍경은 어느 때 없이 아름다워 보였다.

그 풍경에 하염없는 눈길을 보내고 있던 문기수는 긴 한숨을 내쉬었다. 사람이 한세상 산다는 것이 무엇인가, 하는 생각이 문득 스쳤던 것이다. 그런 생각이 떠오른 것은 마음이 흔들리는 탓이었다. 그동안 그는 자신을 나무라기도 했고, 설득하기도 했다.

그러나 흔들리기 시작한 마음을 되돌려 놓기란 그다지 쉽지 않았다. 그는 그런 자신을 비난했다. 염상진에게 비겁해지고 싶지 않았고, 더구나 배신할 생각은 추호도 없었다. 그러면서도 조금씩 자신감을 잃고 있었다. 그는 염상진이 읍내를 장악했을 때 그야말로 꿈꾸던 세상이 이루어졌음에 전율하고 환호했다. 그런데 읍내를 쉽게 장악했던 것처럼 또 그렇게 쉽게 물러가고 말았다. 처음의 쉬움이 염상진에 대한 영웅적 신뢰였다면 다음의 쉬움은 실망이었다. "문 동무는 노출되지 마시오." 염상진은 서릿발 같은 위세를 떨칠 때에도 속으로는 패배를 예측하고 있었던 것인가. 아마 그렇지는 않았을 것이다. 주도면밀한 염상진은 만일의 사태에 대비해서 자신을 숨겨 두었을 것이다. 바로 지금 같은 상황에서 활동하게 하려는 목적이었을 것이다. 그것을 알면서도 그는 자신을 에워싸고 있는 상황에 눌려 오금을 펼 수가 없었다. 강동식이 명령을 전했을 때는 얼렁뚱땅 넘길 수 있었다. 마침내 염상진 대장이 '최후의 명령'을 내렸고, 그 명령을 거역하면 가차 없는 처단명령을 내릴 것이다. 그런데 읍내 상황은 한층 나빠져 있었다. 토벌대보다 배가 많은 계엄군이 주둔하고 있는 데다가, 계엄군은 토벌대처럼 엉성하지 않았다. 그렇다고 '최후의 명령'을 거역할 수도 없었다.

문기수는 용연사에 불공을 드리러 가는 것처럼 보자기에 쌀한 됫박을 싸 들고 집을 나선 길이었다. 그는 천천히 몸을 일으켰다. 명령 시간 15분 전이었다.

부용산 7부 능선 움푹한 터에 자리 잡은 용연사는 산그늘이 덮여 있었다. 잘그랑거리며 울리는 맑은 풍경 소리가 들려왔다. 미륵불은 절 뒤로 더 올라가 바위들이 덩이를 이루고 있는 곳에 있었다.

미륵불로 오르는 돌계단 앞에 다다른 문기수는 고개를 치켜들었다. 어디에도 인적은 없었다. 잔잔한 웃음을 머금은 미륵불만이 커다란 돌덩어리들을 거느리고 서 있었다. 그는 돌계단을 올랐다.

"문 동무, 시간 맞추느라고 수고혔소."

문기수는 소스라치게 놀랐다. 그는 두리번거렸다. 목소리만 들려올 뿐 사람은 보이지 않았다.

"문 동무, 미륵불에 절을 허면서 내 말을 똑똑히 들으씨요."

목소리는 왼쪽 바위 뒤에서 들려왔다.

"누구요, 얼굴이나 내미씨요."

문기수도 숨죽여 빠르게 말했다.

"볼 필요 없소. 미행이 있을지 모른께 절을 허면서 내 말을 들으씨요. 요것은 다 대장님 명령이요."

문기수는 쌀 보자기를 미륵불 앞에 놓고 절을 하기 시작했다. 목소리로 보아 대장은 아니었고, 목소리만으로는 누구인지 전혀 짐작이 가지 않았다.

"이것은 최후의 명령이다. 똑똑히 듣고 철저허게 책임 완수혀라."

존댓말이 '해라'로 바뀌어 있었다.

"읍내에 세포조직망을 만들어라. 첫째, 청년단에 세포를 심어라. 둘째, 계엄군을 포섭혀라. 계엄군 중에는 사상적 동지가 분명 있을 것잉께, 접촉해서 찾아내라. 셋째, 정보활동을 적극 전개혀라."

잠시 말이 끊겼다.

"이것은 최후의 명령이다."

문기수는 땅바닥에 이마를 박고 엎드려 있었다. 더는 아무 소리도 들리지 않았다. 산의 적막만이 그를 에워싸고 있었다.

겨울이 시작되면서 사람들 마음은 뒤숭숭했다. 어디서 생겨났는지 모를 소문이 흉흉하게 퍼지고 있었기 때문이다.

순천에서 물러난 반란군이 백운산과 지리산에 진을 쳤는데, 군경이 그들을 당하지 못한다고 했다. 다른 지방 사람들로 이루어진 군인들은 길을 잘 모르고, 지리에 밝은 경찰은 자꾸 꽁무니를 빼기 때문이라고 했다. 사람들은 이쯤의 소문에는 '빨갱이니까.' 하고 귓등으로 들어 넘겼다. 일정 때부터 공산당 하는 사람들은 밤길 100리를 떡 먹듯 오간다는 말이 있었다. 그런데 계속 피해를 입던 군경은 현지의 민간인들이 밤이면 좌익으로 변한다고 판단하고 대대적인 색출 작업을 벌여, 광양과 구례에서 수많은 사람이 억울하게 죽었다는 소문이 뒤를 이었다. 하지만 '북진 통일'을 부르짖는 대통령의 뜻에 따라 공산도배는 씨를 말려야 한다는 '멸공'을 앞세운 마당에 '억울한 죽음'이란 있을 수 없었다. 소문은 거기에 그치지 않았다. 백운산의 반란군이 순천을 다시 점령하려고 기습해 오는 것을 북초등학교께서 어렵게 막아 냈다는 것이다. 반란군을 돕기 위해 이북에서 대규모 지원병을 파견했으며, 머지않아 지리산에 도착해 반란군과 합세할 것이고, 염상진은 그 지원병이 도착하기를 기다리고 있으며, 그때가 되면 벌교에서 큰 싸움이 벌어질 것이라고 했다. 소문이 여기에 이르자 사람들은 불안을 감추지 못했다. 염상진이 처형을 감행하고, 뒤따라 경찰이 처형을 감행하고……. 사람들은 그 되풀이를 두려워하고 있었다. 그것 말고도 앞뒤를 가릴 수 없는 소문이 흉흉하게 떠돌았다. 곧 이남 군대가 이북으로 쳐 올라가 통일을 이룰 것이라 했고, 이남에서 밀고 올라가기 전에 이북 군대가 먼저 내려올 것이라고도 했다. 남북이 전쟁을 벌여 수백만이 죽을 것이라고도 했다. 사람들은 그런 소문을 끔찍해했고, 낯모르는 사람 앞에서 입에 올리는 것을 한사코 피했다. 그런데도 어찌 된 영문인지 소문은 무성하게 퍼져 나갔다.

남원장에는 술자리가 벌어져 있었다. 아랫목에는 읍장과 정현 동 사장이 나란히 앉았고, 맞은편에는 윤삼걸과 최익달이 앉아 있었다. 네 사람 곁에는 야하게 분칠을 한 기생 넷이 자리 잡고 있었다.

"이 물오리 고기는 특별히 장만시킨 것잉게 많이들 드십시다. 겨울 보신에야 이것 당할 게 없다고 안 그럽디까."

술자리를 마련한 정 사장이 헛웃음을 치며 좌중을 둘러보았다.

"겨울 보신이야 산에는 꿩이요, 바다에는 물오리 아닌가요." 윤 삼걸이 거드름을 피우며 말하고는 "요 고기가 물이 좋은가 모르 겠다."라며 아가씨들을 살폈다.

"음마, 오늘 아침 일찍 잡아 왔는디, 그때도 퍼덕퍼덕 살아 있었 당께요."

정 사장 옆에 앉은 아가씨가 재빨리 말하며, 눈짓으로 다른 아 가씨들에게 응원을 청했다.

"하면, 날개를 퍼덕이던 놈을 잡아먹기 아까웠제."

경월이가 능청을 떨었다. 다른 두 아가씨도 눈치 빠르게, 참말 로 이뿌등마, 나는 키우고 싶던디, 한마디씩 맞장구를 쳤다. 그들 이 아침에 본 물오리는 모가지를 축 늘어뜨린 채 부엌 기둥에 거 꾸로 걸려 있었다.

"정 사장이 특별히 주문헌 것잉게 펄펄 산 놈이었겠제."

144

윤삼걸이 흡족한 얼굴로 물오리 고기를 덥석 집었다.

"통금을 엄하게 실시하는디도 밤중에 물오리 잡는 사람이 있으니 원……."

읍장이 언짢아했다. 물오리 사냥에서 경비 소홀을 읽어 내는 읍장다운 면모였다.

"맞는 말씀입니다. 우리가 겨울 보신을 하자 해도 물오리가 상에 오르지 못해야 정상이지요."

정 사장은 이때다 싶어 심재모를 겨냥해 시위를 당겼다.

"물오리 사냥꾼 놈들이야 통금이고 뭐고 무서울 것 있겠는가요."

윤삼걸이 물오리 고기를 우물거리며, 아무러면 어떠냐는 투로 말했다.

"제아무리 단속을 헌다 혀도 사냥꾼까지 어쩌겠소. 그저 읍내 안통에만 빨갱이가 얼씬대지 못허게 허면 되지."

최익달이 심재모에게 날아가는 화살을 막듯 눈치 없이 말했다.

정 사장으로서는 자연스럽게 심재모에게 화살을 쏠 기회를 잡았는데 최익달의 주책으로 망칠 수는 없었다.

"읍내 안통을 둘러싼 동네에서 통금을 제대로 안 지켜 빨갱이 놈들이 활개 치면 안통이라고 두 다리 뻗고 잘 수 있겠소? 지금이 어떤 시국인데 최 사장은 그리 태평스런 말을 하시오."

정 사장은 검지손가락을 꼿꼿이 세워 자신의 목을 찌르는 시능을 해 보였다.

"정 사장 말이 맞소. 통금은 엄허게 다스리는 것이 맞소."

윤삼걸이 동의했고, 읍장도 느리게 고개를 끄덕였다.

"이건 바로 심재모가 책임져야 할 문제요. 우리 목숨이 어디 둘씩이오?"

정 사장은 심재모의 심장을 향해 활을 있는 힘껏 당겼다.

"말이 났으니 말인디, 그 심이라는 사람 어떻소?"

윤삼걸이 딱히 누구에게 묻는 것이 아닌 말을 던졌다.

"그 젊은 대장, 얼마나 근사하고 멋지다고라."

윤삼걸 옆에 앉은 춘매가 날름 말을 받았다.

"저, 저, 방정맞은 것. 어른들 말씀하시는데 어디다 토를 달고……."

정 사장은 춘매에게 고약스러운 눈길을 보냈다. 손으로 입을 가린 춘매의 눈에 겁이 실렸다.

"소문은 좋게 났는디, 사람이 쓸 만헌지는 두고 봐야지요. 빨갱이 잘 때려잡고, 우리 편 들어가면서 일허면 누님 좋고 매부 좋을 것이고……."

최익달이 자리를 고쳐 앉았다. 정 사장은 무슨 말로 심재모를 물어뜯을까 생각하며 정종잔을 홀짝 비웠다.

"두고 볼 것 있겠소? 마침 정 사장 일이 걸렸으니, 그놈들헌테

얼마나 맵고 짜게 벌을 내리는지 보면 알지."

윤삼걸이 정 사장을 보며 말했다. 정 사장은 고개부터 저으며 심재모를 구석으로 몰기 시작했다.

"윤 회장이나 최 사장도 내 꼴 나기 전에 정신 똑똑히 차려야 쓸 것이오. 언제 작인 놈들이 들고일어날지 모를 일이고, 죄지은 놈들한테 내 속이 풀릴 만치 벌주기도 힘들게 되었응께……."

정 사장은 술잔을 천천히 기울이며 뜸을 들였다.

"정 사장, 일이 꼬이는 모양인데, 탁 터놓고 말해 보씨요." 윤삼걸이 언성을 높였고, "우리끼리 못헐 소리가 뭐 있겄소. 정 사장 일이 우리 일인디."라며 최익달도 관심을 보였다.

정 사장은 비로소 술자리를 마련한 목적이 이루어지는 쾌감을 맛보고 있었다.

"내 체면 깎이는 일이라 말하고 싶지 않소만, 두 분도 당할지 모르니 말하겠소. 작인 놈들이 지은 죄는 천하가 다 아는데도 심이라는 자는 제까닥 죄인들을 처벌하지 않고 공정한 조사를 내세우며 날짜만 보내고 있소. 그자가 시간을 질질 끄는 건 작인 놈들 편을 들자는 수작이 아니고 뭐겠소. 이번에 작인 놈들이 콩밥을 단단히 먹지 않고 풀려난다면, 두 분도 머잖아 나처럼 당하게 될 것이오."

정 사장이 긴 한숨을 토해 냈다.

"우리가 당허다니, 고것이 무슨 소리요?" 최익달이 눈을 부릅떴고, "듣고 봉께 젊은 놈이 영판 싸가지 없네그려."라며 윤삼걸이 숟가락으로 상머리를 내리쳤다.

"심은 작인들을 경찰서에 며칠 가둬 뒀다가 어물어물 풀어 줄지 모르오. 그리되면 그때는 나 혼자 당하는 문제가 아니라 여기 계신 윤 회장, 최 사장, 그리고 읍내 지주 모두가 당하게 될 사태가 터질 것이오."

정 사장의 말은 자못 선동적이었다.

"고것이 대체 어떤 사태요?"

최익달이 술상 앞으로 바싹 다가앉았다.

"작인이란 작인은 다 지주를 못 잡아먹어 안달인데, 이번 사건을 일으킨 작인 놈들이 적당히 풀려나 보시오. 그 영향으로 작인들이 여기저기서 들고일어나지 않겠소?"

정 사장은 이제 느긋한 마음으로 투망을 끌어 올리고 있었다.

"그러면 요번 사건이 우리헌테 해가 안 미치도록 헐 방도가 뭐 없겠소?"

윤삼걸이 심각해진 얼굴로 읍장과 정 사장을 번갈아 보았다.

"뭐 딴 방도가 있겠소. 심가가 작인 놈들을 야물딱지게 처벌허게 맹글어야제."

최익달은 다급한 성질을 그대로 드러내며 정 사장이 해야 할 말을 대신했다.

"……최 사장이 맞긴 맞소만, 심가가 우리 말을 안 듣는 데야 별수 없지 않겠소?"

정 사장의 말이 최익달의 성질을 부추겼다.

"아니, 제까짓 놈이 뭔디 우리 말을 안 들어. 나라가 지 놈헌테 그만한 권세를 준 것은 빨갱이들 때려잡고 우리 지주들 잘 모시라는 것인디, 정작 지주 편을 안 들고 작인들 편을 들어? 고런 짓거리 허다가는 모가지가 열 개라도 모자랄 것이요. 사상적으로 얽으면 그만이니까요."

최익달은 제풀에 흥분해 있었다. 정 사장이 술자리를 마련한 목적은, 심재모에게 압력을 가해 자신의 직성이 풀리도록 작인들을 처벌하는 것이었다. 그런데 의외로 최익달의 입에서 심재모의 직위까지 좌우할 수 있는 묘안이 나온 것이었다. 사상적으로 얽는다—그것은 더없이 만족스러운 수확이었다. 최익달의 육촌 형이 국회의원 최익승임을 생각할 때 그 방법이 허황된 큰소리만은 아니었다.

"어쨌거나 우리 지주들이 똘똘 뭉치는 수밖에 없소. 세상이 어찌 될라고 상것들이 지랄 발광인지, 세상이 제대로 될라면 일정 때같이 꼼짝달싹 못허게 마구잡이로 두들겨 패서 다스려야 허는 것이요. 근디 해방이다, 자유다, 민주주의다, 새 날아가는 소리가 퍼져싼게 상것들이 간뗑이가 부어올라 위아래 몰라보고 설레발 치는 것 아니겠소."

최익달은 목덜미까지 벌겋도록 열을 올렸다.

"그래도 이승만 대통령이 국부로 앉아 계시니 이만치 끌고 가지, 딴 사람이 정권을 잡았으면 어떤 세상이 닥쳤을지 모를 일이요."

윤삼걸이 술잔을 내려다보며 고개를 끄덕였다.

윤 부자네 작인 네 사람은 오늘 밤에도 유동수네 아랫방에 모여 앉았다. 약속을 한 것도 아니고 무슨 볼일이 있어서도 아니었다. 저녁밥을 먹고 나서 누가 먼저라고 할 것 없이 한 사람씩 어슬렁거리며 유동수네 사립을 들어섰고, 그러다 보면 네 사람은 마주 앉고는 했다.

그들 네 사람의 마음이 엮인 것은 토벌대에 끌려가 볼기를 맞고 나온 다음부터였다. 청년단에서 아무리 끄나풀을 감쪽같이 심었다 하더라도 다섯 사람 중에서 그것이 누군가를 밝혀내는 데는 사흘이 걸리지 않았다. 끄나풀은 마름 오 서방이었다. 그들 앞에서는 볼기가 아파 앉고 설 때마다 앓는 소리를 입에 무는 오 서방이 집 안에서는 아무렇지도 않게 앉았다 일어섰다 한다는 사실을 알아냈던 것이다. 오 서방의 소행은 딱 몰매감이지만 그가 마름이라 몰매는커녕 소문조차 낼 수 없었다. 그런 일을 당하고도 웃는 낯으로 오 서방을 대해야 하는 그들은 쓰린 속을 서로 어루만지듯 밤마다 모여 앉게 되었다.

"뻔헌 일 놓고 조사헐 것이 뭐 그리 많다고 오늘 해를 또 넘겼을꼬?"

허리가 구부정한 앉음새를 한 장칠복이 고개를 갸웃했다.

"공평하게 조사를 허느라고 그런다드랑께요."

김종연이 퉁명스럽게 말했다.

"그리 들으면 그렇고, 무슨 수작 꾸미느라고 그러는 것이 아닌 가 싶기도 허네."

"그 사령관이 토벌대장허고는 사람이 생판 다르다니 믿고 기다 리는 수밖에 더 있겠소."

서인출이 김종연을 거들었다.

"사령관이란 사람도 보나 마나 있는 집 자식일 것이고, 나라가 시키는 대로 허는 군인인디 우리 편을 들 리 있겄어."

장칠복은 자조적인 웃음을 흐흐거렸다. 읍내의 작인들이 거의 그렇듯 그들도 정 사장 사건의 결과에 관심을 기울였다. 그 사건 이 남의 일 같지 않았던 것이다.

27

우리 민족을 분열시켜
동족상잔의 비극을 초래하려 한다
─백범 김구

"김범우 선생이 전 원장의 무죄 석방을 위해 진정서에 도장을 받고 있소."

심재모가 꺼낸 말이었다.

"……진정서 돌리는 걸 어떻게 해야 할까요?"

권 서장은 눈치를 살피며 물었다. 심재모가 김범우의 행동을 달 가워하지 않을 것 같았던 것이다.

"글쎄요, 무슨 조처를 할 필요가 있습니까?"

"아니, 뭐……."

예기치 못한 심재모의 반문에 권 서장은 당황했다.

"진정서를 돌리는 일이 위법행위도 아닌 데다, 하나밖에 없는 병원에 의사까지 없어서 읍민들의 불편이 많은 모양인데, 진정서를 내서 효과를 볼 수 있다면 좋은 일이지요."

권 서장은 하마터면, 이해해 주셔서 감사합니다, 할 뻔했다. 심재모가 그렇게 좋은 쪽으로 생각하는 것은 김범우를 좋게 생각하기 때문이라고 짐작했다. "나와 같은 학병 출신을 이런 데서 만날 줄이야……." 김범우를 처음 만나고 나서 심재모는 무척 기뻐했고 "서민영 선생이야말로 훌륭하신 분입니다. 그리고 그런 선생님을 앞세울 줄 아는 김범우 선생의 겸손한 태도도 훌륭합니다." 라며 서민영을 만나고 와서 심재모는 무척 만족스러워했다.

"서장님, 정 사장 사건도 진정서를 돌리면 어떻겠습니까?"

"네?"

심재모의 말이 너무 갑작스러워 권 서장은 얼핏 말뜻을 알아채지 못했다.

"이건 비밀에 부쳐야 할 사항입니다만……."

정 사장 사건을 소작인들이 유리한 쪽으로 처리하자고 마음은 먹었는데, 그러려면 서로 화해하고 가해자 측에서 치료비를 물고 손해배상을 하면 되지만, 정 사장이 화해할 리 없으니, 일을 자연스럽게 처리하자면 읍민들의 진정서가 꼭 필요한데, 그 일을 비밀리에 할 수 있겠느냐는 말이었다.

"좋은 방법이긴 합니다만 경찰이 할 수도 없고, 청년단도 비밀을 지키기는 어려울 것 같습니다."

"나도 같은 생각이오. 만약 이 말이 새 나간다면 일은 난감하게 되고 말아요."

권 서장은 어제 읍장이 귀띔해 준 말을 할까 말까 망설였다. "젊은 혈기도 좋지만 조심하라 이르시오." 정 사장의 움직임을 자세히 알려 주고 나서 읍장이 한 말이었다. 권 서장은 그 생각을 털어 버렸다. 그 말을 전한다고 심재모가 마음을 바꿀 것 같지도 않았다.

"비밀을 지키자면 김범우 같은 사람이 앞장서야 하는데……."

권 서장은 다급한 마음으로 중얼거렸다.

"그렇소! 적임자가 있소!" 심재모는 무릎을 치고는 "서민영 선생 어떻소?" 하고 물었다.

"그분이 나서 주시기만 한다면 더 바랄 게 없지요."

"고맙습니다, 서장님이 이 일을 해결했습니다."

"무슨 과분한 말씀을……."

권 서장이 손사래를 쳤다.

창고 안은 차곡차곡 쌓아 올린 짚단으로 반쯤 차 있었다. 나머지 공간에는 과일 궤짝들이 쌓여 있고, 갖가지 농기구들이 벽에 걸리거나 기대어져 있었다. 창고 문이 열리고 여자 노인네가 황급히 들어섰다. 배성오의 어머니 과수원댁이었다. 그녀는 행주로 싸들고 있던 냄비를 바닥에 내려놓고 밖을 살핀 다음 창고 문을 재빨리 닫았다. 그리고 다시 냄비를 들고 짚 더미 쪽으로 걸어갔다.

"성오야, 에미다, 에미."

과수원댁이 짚 더미에 대고 낮게 말했다.

"엄니요? 기다리씨요."

짚 더미 속에서 흘러나온 소리였다.

냄비를 바닥에 내려놓은 과수원댁은 허리 높이의 짚단 하나를 뽑아냈다. 그리고 그 아랫것들도 들어냈다. 그런데도 천장 가까이까지 쌓인 짚단은 끄떡없었다.

"엄니, 힘드는디 뭐헐라고 짚단은 들고 그러요."

짚 더미 속에서 얼굴을 쑥 내밀며 배성오가 말했다.

"짚단 서너 개 드는 것이 힘든 줄 아는 효자가 어째 에미 애간장은 그리 태우는고?"

과수원댁이 아들에게 눈을 흘겼다. 그러나 눈자위에는 그지없이 따스한 웃음이 어려 있었다.

"엄니도 참, 얼렁 들어오씨요."

"가만 있거라, 닭을 한 마리 고았다."

과수원댁은 날랜 몸놀림으로 냄비를 들고 돌아섰다.

"참 엄니도 태평스럽소."

"호랭이헌테 물려 가도 정신을 차리면 산다고, 아무리 급혀도
닭 한 마리는 꽈 먹고 떠나야 기운을 쓰제."

과수원댁이 허리를 구부려 짚 구덩이 안으로 비집고 들어섰다.

"얼렁 앉으씨요. 문 막을랑께요."

왼손으로 짚단 하나를 들며 배성오가 말했다.

"닭을 먹어야 쓰는디 고걸 안 막으면 어쩌겄냐?"

"그러다가 누가 불쑥 들어오면 어쩌고라?"

"컴컴헌 데서 닭을 어떻게 먹는다냐? 여기 들어올 사람 아무도 없다."

"아무리 컴컴혀도 먹을 것은 다 입으로 들어가는 법잉께 염려 마씨요. 하나부터 열까지 철저헌 방비가 최고요."

배성오는 빠른 동작으로 짚단을 쌓았다.

"참말로, 연필이 어디 있는지, 공책을 어디다 뒀는지도 모르고 덤벙대던 것이 어찌 저리 야물딱지게 철이 들었는지 모르겠네."

과수원댁이 중얼거렸다.

높이가 앉은키보다 약간 높고, 넓이가 한 사람이 겨우 누울 정도인 짚굴은 위아래로 통나무가 받쳐져 있었다. 문은 짚단을 세 겹으로 엇지게 쌓아 막았으므로 티가 나지 않았다. 배성오가 혼자 읍내에 침투하면서 만든 은신처였다. 굳이 짚 더미 속에 은신처를 만든 것은 다른 은신처가 없어서가 아니었다. 그는 군경이나 청년단의 눈을 피하기 전에 아버지나 형의 눈을 피해야 했던 것이다.

배성오는 빠끔하게 뚫린 공간에 짚단을 쑤셔 박았다.

"워메! 뜨시고 좋은 방 놔두고 짚북 데미 속에서 뭔 지랄인지 모르겠다. 요리 고생혀서 벼슬을 얻을 것이냐, 상을 받을 것이냐."

과수원댁이 왈칵 밀려든 어둠 속에서 탄식했다.

"인민 해방을 얻고, 영웅 칭호를 받제라."

배성오의 목소리가 어둠 속에서 투박하게 울렸다.

"워따 장허다, 내 아들."

과수원댁의 비꼬는 목소리가 뒤따랐다.

"안 선생 엄니는 만났소?"

배성오의 말은 벌써 입에 먹을 것을 잔뜩 넣고 있는 소리였다.

"잉, 안 선생 엄니가 큰돈을 선뜻 내놓지 않겄냐."

"무슨 돈을요?"

배성오가 문득 씹기를 멈추었다.

"아들 치료비로 쓰게 해 달라면서 돈을 내놓더란 말이다."

"얼마를요?"

"쌀 열 가마니 값이라고 허드라."

배성오는 가슴이 먹먹해져 닭고기를 넘길 수가 없었다.

"내가 돈을 잘못 받아 온 것이냐?"

"아니구만요, 잘 받아 오셨어라."

배성오는 서둘러 대답하며 닭고기를 꿀떡 삼켰다.

"안 선생도 늙은 엄니 속깨나 태우더라. 그 노친네가 워낙 점잖아서 남 앞에 눈물을 안 보여 그렇제……."

"엄니, 내가 부탁헌 돈은 어찌 되았소?"

배성오가 어머니의 말허리를 자르며 물었다.

"어찌어찌 장만은 혔다."

"되았소. 요번에 엄니가 아주 고생 많이 허셨소."

"말도 마라, 피 다 말라 뿌렸다."

"엄니도 인제 당당헌 혁명 전사가 되았소."

"이놈아, 징헌 소리 허지 말어. 새끼 일이라 죽지 못혀 나섰제 빨갱이 돕자고 헌 일이 아닝께."

과수원댁이 싸늘하게 말했다.

"요번에 엄니가 일 척척 해내는 배짱 본께 나가 꼭 엄니를 탁했는갑소."

"염병헌다!"

과수원댁은 어이없는 웃음을 흘렸다.

"다 장난말이고라, 워낙 다급헌께 그랬제, 나라고 엄니헌테 위험한 일 시키고 싶겄소. 앞으로는 그런 일 없을 것이요."

"나야 암시랑 않다만 느그 성이 고초를 당허는 것이 애가 쓰리다. 이참에도 느그 성이 조사를 받고 야단났었다. 자꾸 그러다가는 읍사무소에서 쫓겨날지도 모른다. 어쩌냐, 여러 사람 살리는 셈 치고……."

"엄니!"

배성오는 버럭 소리쳤다.

"아녀, 아녀. 장난말이여."

과수원댁은 황급히 자신의 말을 거두어 들였다. 지금 작은아들은 눈을 부릅뜨고 있을 것이었다. 큰아들에 비해 성격도 서글 서글하고 정도 많아서 그녀의 마음 자락은 작은아들한테 더 기 울어 있었는지도 모른다. 그런데 작은아들이 공산당을 하고부터 그녀는 자신의 마음 자락을 거두어야 한다는 서운함과 아픔을 겪고는 했다. 그런 작은아들은 누구든 공산당을 못하게 하면 생 판 딴사람으로 돌변했다. 공산당 사상이 무언지, 제 아버지한테 몽둥이찜질을 당하면서도 끝내 버리지 않았다. 속마음까지야 그 럴까마는 남편은 자식 하나 없는 셈 친다고 한 지 오래였다. 과수 원댁은 부질없는 줄 알면서도 행여나 하는 마음으로 또 그 말을 꺼냈고, 그나마 닭을 못 먹이게 될까 봐 부랴부랴 자신의 말을 거 두어들인 것이다.

"시방 닭 먹고 있냐?"

"야아."

아들이 국물 들이켜는 소리가 들렸다.

"여자도 없는디 솜옷은 어찌 그리 날래게 해 입었드라냐?"

"돈만 있으면 뛰는 호랭이 눈썹도 뽑소."

"솜옷 한 벌 혔는디 갖고 가그라."

"그러제라."

"그리고 일삼아 칡을 캐 먹어라. 물이 오르는 이삼월 칡을 말렸 다가 가루를 내서 한 주먹씩 먹으면 하로 세끼 굶어도 까딱없다.

고인 물은 먹지 말고 흐르는 물만 먹고, 춥더라도 땀 찬 발로 자지 말어. 땀 안 씻고 자다가는 영락없이 발에 얼음 박힐 것잉께. 그리고……."

"내가 세 살 먹은 애기가 아닌께 인제 고만 허씨요."

니가 백 살을 먹어도 이 에미 맘에는 세 살 먹은 애기여. 과수원댁은 속으로 안타깝게 부르짖었다.

"인제 해가 떨어졌겄는디요."

"내가 나가보고 올 것잉께 기다리고 있거라."

"얼렁 나갔다 오씨요."

배성오는 짚단을 허물기 시작했다.

사방 벽을 따라가며 쌓아 올린 책들뿐, 방에 장식이라고는 아무것도 없었다. 벽지나 장판마저 낡을 대로 낡은 방에는 오래된 종이 냄새가 감돌았다. 김범우는 서민영의 부름을 받고 서재를 찾아왔다. 이런 일은 아주 드문 경우라 그는 약속 시간보다 먼저 왔고, 주인 없는 방에 앉아 있었다.

"선생님, 계십니까? 저 손승홉니다."

손승호의 목소리였다. 손승호도 부르셨구나, 대체 무슨 일일까. 전혀 잡히는 게 없었다.

"손 군인가. 어서 들어오시게."

김범우는 서민영 선생의 목소리를 흉내 냈다.

"예……"

손승호의 대답에 뒤이어 쪽마루 삐걱이는 소리가 들렸다.

"아니, 자네!"

"앉으시게. 좀 늦었구만그래."

김범우는 눈을 감은 채 여전히 선생 흉내를 내고 있었다.

"이 사람아, 어쩐 일인가?"

손승호가 김범우의 어깨를 흔들었다.

"자네도 호출 명령을 받지 않았나?"

"맞네. 무슨 일이실까?"

손승호는 고개를 갸웃하며 자리에 앉았다.

"자네 머리의 상처는 괜찮은가?"

"그럼, 그때가 언제라고."

"그러고 보니 만난 지 꽤 오래됐구먼. 그래, 어찌 지냈나?"

"나야 뭐 그렇지. 원장님 일로 자네가 애쓰고 있다는 소식 들었네. 효과는 있겠는가?"

"그럴 것 같네."

"다행이군, 모두를 위해서."

그때, 서민영의 목소리가 들려왔다.

"이런, 먼저들 와 있었구만그래."

두 사람은 튕기듯 일어났다.

두 사람은 토방으로 내려서서 허리를 굽혔다.

"고흥에서 넘어오느라고 조금 늦었어."

서민영이 책상머리에 앉으며 말했다.

"선생님께서 늦으신 게 아닙니다. 저희가 일찍 온 거지요."

김범우가 건성으로 시계를 보며 말했다.

"그런가. 내가 자네들을 보자고 한 건, 신설될 상업학교 문제를 의논하려 함이야."

김범우와 손승호는 약속이나 한 듯 서로를 보았다.

"우리 읍내에 최초로 생기는 상급 학교가 내실을 기하자면 실력 있는 올바른 교사들을 모아야 하는데, 내 생각에는 자네들 둘이 자리를 옮겼으면 싶네. 어떠신가?"

"그 일에 조한규가 설치고 있습니다."

손승호가 불쑥 말했다. 선생님은 그 사실을 알고 계십니까? 하는 뜻이었다.

"그자가 바람을 일으키기 때문에 자네들을 거기로 보냈으면 하는 거네."

손승호의 얼굴이 침울했다. 그런 그를 바라보며 김범우는 가만히 웃음 지었다. 이미 조한규의 제의를 물리친 그가 서민영 선생한테 똑같은 제의를 받고 얼마나 난감할지 헤아릴 수 있었던 것

164

이다. 같은 제의지만, 조한규는 자파 세력으로 이용할 목적이었고, 서민영 선생은 조한규를 견제하려는 목적이었다.

"손 군이나 저는 벌써 조한규한테 부임 제의를 받고 거절했습니다."

김범우는 이렇게 말함으로써 거부 의사를 대신하고자 했다.

"벌써 그런 일이 있었던가……."

서민영은 무언가 생각하는 얼굴이 되어 고개를 주억거렸다.

"선생님, 생각할 시간을 좀 주셨으면 합니다."

손승호가 말했다. 그렇게 말할 수밖에 없으리라고 생각하며, 김범우는 잠자코 있었다.

"물론이네. 강요하는 건 아니니까 두 사람 다 자유롭게 생각해 보게나."

서민영의 말은 이 자리를 마련한 용건의 결론인 셈이었고, 두 사람은 같은 숙제를 받은 것이었다.

"선생님, 앞으로 김구 선생의 입장은 어떻게 되겠습니까?"

김범우는 화제도 돌릴 겸 평소부터 마음에 담아 온 문제를 꺼냈다.

"백범의 입장? ……그건 이 나라 장래가 어찌 될 것인가 하는 문제만큼이나 예측하기 어려운 문제 아니겠는가?"

서민영은 신중한 태도를 보였다.

"예, 제 식견으로는 전혀 판단이 안 됩니다. 선생님께서 좀 정리를 해 주시지요."

"난들 알 도리가 있나. 그저 한 가지, 그분의 정치적 입장이 임정을 외롭게 지킬 때보다 더 외롭게 되리라는 점이지."

"백범이 지난번 선거에 참여해 국회에 들어간 다음 이승만의 독주를 막았어야 한다는 비판이 있습니다."

"그래, 백범이 우남보다 정치 역량이 한 수 낮다, 백범은 우남보다 국제정치의 흐름을 파악하는 능력이 모자란다, 백범은 혁명가일 뿐이고 정치가는 역시 우남이다, 별의별 말들이 많지. 허나 그런 비교는 양지쪽만 찾아다니는 자들의 얄팍한 입놀림에 지나지 않네. 백범과 우남은 민족관이나 국가관이나 정치관이 처음부터 극과 극이었으니 비교하는 것부터가 말이 안 되네. 두 사람의 차이는 신탁통치 반대서부터 확연히 드러났네. 백범의 반탁은 또 다른 형태의 식민지를 용납할 수 없다는 것이었고, 우남의 반탁은 자신의 집권을 하루라도 앞당기려 함이었지. 그때 백범은 대의명분의 길을 택했고, 우남은 자기 이익의 길을 택했네. 1946년 6월 3일에 우남은 남조선만이라도 정부를 수립해야 한다는 그 유명한 '정읍 발언'을 하지 않았나. 백범으로서는 같은 민족이 서로 다른 정권을 수립함으로써 민족을 분단에 빠뜨리는 그 행위를 절대로 용납할 수 없었지. 그래서 백범이 금년 4월에 분단을 막기 위한 남북협상까지 한 것 아닌가. 백범이 미·소 양군의 철수와 남북 지도자 간의 협상으로 자주적 통일 정부 수립을 주장할 때, 이승만과 한민당 계열은 백범의 그런 생각이 비현실적이라고 비난했네. 그때 백범이 기자회견에서 한 말, 그것이 백범의 진실이고 사명감이었네. 자네도 기억하겠지?"

"예, 우리는 현실적이냐 비현실적이냐가 문제가 아니라 그것이 정도(正道)냐 사도(邪道)냐가 생명이라는 것을 분명히 알아야 합니다. 이 대목만 겨우 기억하고 있습니다."

"핵심을 기억하고 있구먼. 민족의 자주독립을 정도로 본 백범은 그것을 가로막는 모든 행위를 사도로 취급했네. 그야말로 뛰어난 의견이고 진실이 아닐 수 없네. 권력에 대한 생각도 백범과 우남은 아주 다르네. 자네도 알겠지만, 임정 초기에 백범은 임정 청사의 '문 파수'를 자청했는데, 우남은 대통령이 아니면 절대 임정에 참여할 수 없다고 했으니까 말이야."

"예, '백범'이란 호에서도 그분의 겸양은 잘 드러납니다. 그런데 김구 선생의 정치 능력은 어떻게 보십니까?"

"백범의 정치 능력이야 잘 모를 일이지만 정치적 끈기만큼은 당할 사람이 없지 않나 싶으이. 이동녕 선생과 함께 30여 년간 임정을 끝까지 지켜 낸 것을 보게나. 임정의 경무국장으로 출발해서 노동국총판, 내무총장을 거쳐 국무령이라는 최고의 자리에 올랐고, 다시 국무위원이 되었다가 주석의 자리에 올랐거든. 그런 것을 헤아려 그분의 정치 능력을 자네 나름으로 판단해 보게나."

"그런 분이 정권을 잡을 기회를 단호하게 외면했다는 것은 정말 훌륭한 일입니다."

"그렇지, 그리 보아야 백범을 제대로 평가하는 거겠지. 헌데, 우남의 행동은 정반대였네. 유감스럽게도 대중들은 우남을 독립투사로만 알 뿐 그의 비행은 거의 모르고 있네. 우남은 상해 임정의 대통령이 될 때부터 말썽이 많았네. 그가 대통령이 되는 것을 적극적으로 반대한 분이 단재 신채호 선생인데, 미국 정부에 한국의 위임통치를 청원한 매국노 이승만을 어찌 대통령으로 앉힐 수 있느냐는 것이었지. 그러나 외교를 통해 독립을 이룬다는 외교론이 우세하여 이승만이 대통령으로 결정되었네. 이에 분개한 단재는 세상을 떠날 때까지 임정에 등을 돌렸네. 미국 교포들이 모금해 준 독립 자금을 우남이 유용했다는 사실이 뒤늦게 밝혀지고, 조선 민족의 이름으로 미국 정부에 낸 위임통치 청원서가 계속 문제를 일으켜 마침내 탄핵 재판이 열리게 되었고, 이승만은 대통령직에서 파면되는 선고를 받았지. 그런 이승만이 해방과 함께 미국의 힘에 얹혀 민족의 영웅으로 귀국하지 않았나. 백범과의 사이에 남한만의 단독선거에 대한 공방이 치열할 때 우남은 임정의 법통을 부인하는 연설을 했지. 그러고는 대통령에 취임하면서는 임정의 법통을 이어받았다며 정통성을 내세웠어. 그게 우남의 면모야. 우남이 35년 동안 망명 항일 투쟁을 했다는 사실은 존경해야겠지. 허나 상해 임정에 잠시 머무른 것을 빼면 그는 전혀 위험이 없는 미국에서만 지냈네. 그가 내세운 외교 독립론으로 이루어진 것은 아무것도 없고 말이야."

"주제넘지만 임정의 역할에 대해 저는 회의적입니다. 30여 년 동안, 비록 망명 임시정부라 하더라도 성취한 일이 너무 미미하다는 느낌입니다. 정부다운 독립운동의 조직화도 이루지 못했고, 국제적인 인정도 받지 못했고……."

김범우는 흔들리는 감정을 자제하느라 말을 끊었다. 정부가 없다는 이유로 포로 취급을 당했던 그때의 분노가 되살아났던 것이다.

"상해 임시정부의 업적에 대해선 논란의 여지가 많네. 그러나 식민지 국가로서 망명 임시정부 하나 갖추지 못했다고 생각해 보게, 우리 민족의 꼴이 뭐가 되었겠나. 상해 임시정부를 세움으로써 우리 민족이 독립과 자유를 쟁취하고자 한다는 결의를 세계에 보여 주었고, 전통적 독립국으로서 체통을 세우는 일이었네. 그것만으로도 임정의 가치는 우선 평가해야 할 것이네."

"선생님, 결국 민족이 두 쪽 나고 말았습니다. 앞으로 어떻게 될지가 더 문제 아니겠습니까?"

돌덩이처럼 앉아 있던 손승호가 불쑥 한 말이었다.

"그렇겠지. 허나 그건 예측하기 어려운 문제네. 남한만의 단선을 실시하려는 유엔 한국위원단을 향해 백범은, 우리 민족을 분열시켜 동족상잔의 비극을 초래하려 한다고 공박했지. 나로서는 그 판단 이상은 할 수가 없구먼그래."

서민영은 눈을 좁히며 방 안을 둘러보았다.

"선생님, 아까 단재에 대해 말씀을 하셨는데, 저는 그분에 대해 별로 아는 것이 없습니다."

김범우는 화제를 다른 방향으로 돌렸다.

"그럴 테지. 그분은 1936년에 돌아가셨고 자넨 어린 나이였으니까. 그분의 글을 대충 모아 놓았으니 필요하면 가져다 읽게나. 독립운동에 몸 바친 훌륭한 분들이 많지만 단재 선생은 그중에서도 출중한 분이셨지. 역사학자고 독립투사며 논객이었는데, 그분은 어느 한 부분에서도 소홀함이 없었네. 민족의 자존을 일으킨 투철한 역사관은 단재 사학의 산맥을 이루었고, 끝까지 투쟁을 벌인 독립운동은 가히 독립투사의 본보기가 아닐 수 없네. 나도 감옥살이를 해 봤지만, 변호사를 거부한 채 법정투쟁을 벌여 10년형을 받았고, 지장 하나만 찍으면 내보내 주겠다는 유혹을 뿌리치고 겨울이면 영하 20도까지 내려가는 혹한에 시달리며 어찌 8년 세월을 견뎌 낼 수 있었는지, 그 사실 하나로도 머리를 숙일 수밖

에 없네. 끝끝내 옥사하고 만 그분의 영혼 앞에서 오늘의 현실은
치욕일 뿐이고 우리 모두는 죄인일 따름이지."

서민영의 목소리가 가라앉아 있었다. 김범우는 무슨 기분 전환
이 될 만한 화제를 찾고자 했으나 이상하게도 머릿속은 점점 비
어 가고 있었다.

28

어째 사람들은
아부지보고 빨갱이라고 헐까?

덕순이와 광조는 방죽길을 걷고 있었다. 광목 저고리에 검정색 몽당치마를 입은 덕순이는 단지를 안고 있었고, 광조는 꾀죄죄한 수건으로 귀를 싸매고 있었다. 둘이는 참게를 잡으러 가는 길이었다. 며칠째 몸살을 앓느라 입맛을 완전히 잃은 죽산댁은 "진간장에 푹 담근 참게 다리나 씹으면 입맛이 돌지, 원……." 하고 무심코 말했고, 덕순이는 어머니 몰래 참게를 잡으러 나서게 되었다.

"아직 멀었는가?"

광조가 빽 소리를 질렀다. 덕순이는 얼른 뒤돌아섰다. 두 번째 투정이었다.

"쪼깐만 더 가면 된다. 다리 아프냐?"

심통이 난 동생의 얼굴을 들여다보며 덕순이가 부드럽게 말했다.

"아까도 쪼깐, 또 쪼깐, 나 발 아퍼 죽겄단 말이여!"

"인제 참말로 쪼깐만 가면 돼. 손잡고 싸게 가자."

덕순이는 동생에게 손을 내밀었다.

"참말이여?"

"참말."

광조는 씨익 웃으며 덕순이의 손을 잡았다. 둘이는 나란히 걷기 시작했다.

"똑 엄니 한숨같이 길다."

광조가 불쑥 말했다.

"뭣이가?"

덕순이가 동생을 바라보았다.

"방죽 말이여."

"방죽이 엄니 한숨같이 길어?"

덕순이는 의아해하며 앞을 바라보았다. 끝없이 뻗어 있는 방죽 길은 점점 가늘어지다가 그 끝이 아물아물 흐려졌다. 방죽길 끝이 선수머리에 닿아 있다는 말은 오래전부터 들어왔지만 너무 멀어 거기까지 가 본 적은 없었다. 동생 말대로 어머니가 밤낮없이 내쉬는 한숨을 이어 놓으면 방죽길만큼 길지도 모를 일이었다. 학교도 안 다니는 쪼깐헌 것이……. 덕순이는 그런 생각을 하는 동생이 갑자기 철들어 보이기도 했고 건방지게 느껴지기도 했다.

"그려, 엄니 한숨이 방죽보다 더 길지도 모르제."

덕순이는 동생 손을 꼭 쥐었다.

"엄니 한숨은 아부지 부르는 소린디, 아부지는 그 소리 들을랑가?"

"하면, 아부지가 누군디. 다 들졌제."

"그럼 아부지는 어찌 대답허는가? 아부지도 한숨 쉴까?"

"아녀, 남자는 한숨 쉬는 것 아니여. 그런 데다가 아부지는……"

덕순이는 그만 말을 꿀꺽 삼켰다. 하마터면 '아부지는 대장인디.' 할 뻔했던 것이다.

"아부지가 어쨌다는 것이여? 어째 말을 허다 마는가?"

광조가 누나를 올려다보며 맞잡은 손을 흔들었다.

"아녀, 누가 듣는디 아부지 이야기 허지 말어."

덕순이는 사방을 두리번거리며 말했다.

"누나는 바보 빙신 겁보여. 방죽에 순사가 있냐, 군인이 있냐. 우리 둘뿐인디 어째 아부지 이야기 못허게 혀!"

덕순이의 손을 뿌리친 광조가 목청껏 소리쳤다.

"니 엄니 말 잊어뿌렀냐!"

"알어, 알어, 밤말은 쥐가 듣고 낮말은 새가 듣는다는 말 다 안 단 말이여."

광조는 소리소리 지르며 숨을 씨근거렸다.

"다 알면서 어째 그러는 겨."

"여기는 쥐도 새도 없고 바람뿐이란 말이여. 우리가 아무리 아부지 이야기를 혀도 바람에 다 날라가 뿐단 말이여."

아, 정말 그래! 덕순이는 옆얼굴을 간질이는 머리칼을 쓸어 올리다가 문득 느꼈다. 나 바람이야. 무슨 이야기든 하고 싶으면 다 해. 멀리멀리 날려 보내 줄 테니까. 바람의 속삭임이었다.

"약속 걸어. 여기서만 말허겠다고."

덕순이는 새끼손가락을 내밀었다. 광조는 새끼손가락을 걸며 씩 웃었다.

둘이는 다시 손을 잡고 타박타박 걷기 시작했다.

"아부지는 얼굴도 몸도 뻘건 데는 하나도 없는디 어째 사람들은 아부지보고 빨갱이라고 헐까?"

덕순이는 난감했다. 공산당 이름이 빨갱이인 줄만 알았지, 어째서 빨갱이라고 하는지는 생각해 본 일이 없었다.

"그냥 공산당 이름이 빨갱이제."

"그럼 성이 공산당이고?"

"금메……?"

덕순이는 고개를 갸우뚱했다.

"근디 어째 순사나 군인들 이름은 파랭이가 아녀?"

"고런 걸 내가 어떻게 아냐."

덕순이는 그만 짜증이 났다.

"학교 댕김스롱 고런 것도 몰러?"

"학교서는 고런 것 안 가르친께 모르제."

"치, 공부 잘헌다는 것 순 거짓말이여. 다 남들 시험지 보고 써서 점수 잘 받은 것이제?"

덕순이가 동생의 손을 홱 뿌리치며 걸음을 멈춰 섰다.

"니 참말로 분 지를껴?"

동생을 노려보는 덕순이는 곧 단지를 내동댕이치기라도 할 것 같았다.

"누나는 고런 걸 다 아는 줄 알았는디……."

광조가 눈을 내리깔았다. 금방 기가 꺾이는 동생을 보자 덕순이는 마음이 짠했다.

덕순이는 동생의 손을 잡고 다시 걷기 시작했다. 동생은 또 무슨 엉뚱한 생각을 하는지 말없이 걷기만 했다. 덕순이는 돈이 없어 약도 지어 먹지 못하는 어머니를 생각했다. 다리에 털이 숭숭 나고 눈이 툭 불거진 참게를 열 마리쯤 잡아 갔으면 싶었다. 한번 잘못 물리면 아이들 손가락은 잘려 나간다는 크고 억센 집게발이 겁나기는 했지만, 그까짓 것쯤, 하고 마음을 사려 먹었다. 덕순이는 참게를 잡아 본 적이 없었다. 재작년인가, 어머니를 따라 참게잡이를 구경했을 뿐이다. 참게는 바닷물 반대편인 개울둑물 가까이에 굴을 파고 살았다. 어머니는 비탈진 개울둑에 거꾸로 엎드려 곧 개울물에 처박힐 것 같은 아슬아슬한 자세로 참게를 용케도 잘 잡아 냈다. 큰 것은 장에 내다 팔고, 작은 것은 끓인 간장에 담갔다. 참게 한 마리만 있으면 밥 한 그릇을 다 먹을 수 있었다.

앞쪽 포구 위에 나란히 줄을 선 기러기 떼가 날아가고 있었다.

"물오리 날으는 것 봉께로 저녁이 다 되았는갑다."

덕순이는 혼잣말을 하며 고개를 돌렸다. 해는 꽤 기울어 있었다.

"빙신 같은 물오리!"

광조가 기러기 떼를 보며 침을 뱉었다.

"물오리가 어째서?"

"저것들 우는 소리 들으면 더 배고프고, 눈물 날라고 헝께."

"니 배는 항시 고픈 배고, 어째 눈물이 날라고 허나?"

"아부지 생각나게 헝께 그렇제."

광조는 퉁명스럽게 말했다. 동생은 줄곧 아버지만 생각한 모양이었다.

"누나, 물오리들도 순사고 빨갱이고 있을까?"

"물오리가 사람이간디? 물오리는 그냥 물오리제."

"나 물오리가 되았으면 좋겠다."

"뭣이여? 물오리?"

광조는 아무 대꾸 없이 발만 옮기고 있었다. 덕순이는 묵묵히 걸으며 동생 손을 꼭 쥐었다.

12월로 접어들면서 산중에 강추위가 닥쳤다. 세찬 바람에 나뭇가지 휩쓸리는 소리가 어둠 속을 방황하고 있었다.

"그럼 위대한 지도자 레닌 동지의 말을 끝으로 오늘 회의를 마치겠습니다. 레닌 동지께서 일찍이 투쟁이 어려움에 빠졌을 때,

'필요한 것은 공산주의 이념에 최대한 충실하면서 동시에 타협이나, 방침 전환, 후퇴 등 필요한 온갖 조치를 취할 수 있는 능력을 발휘하는 일'이라고 했습니다. 다시 한 번 그 말을 명심하고, 혁명의 열정을 투쟁의 불길로 태워 올립시다."

말을 마친 염상진이 돗자리 위에 손바닥을 붙였다. 그 위에 한 사내의 손이 포개졌다. 다시 그 위에 다른 사내의 손이 포개졌고 마지막으로 안창민의 손이 포개졌다.

"사회주의 혁명 완수 만세!"

염상진의 음성은 낮았지만 견고했다.

"사회주의 혁명 완수 만세!"

세 사람이 염상진과 똑같이 복창했다.

자정이 넘은 숯막 안은 어둠침침했다. 모닥불이 사그라들면서 숯막 안으로 냉기가 끼쳐 들었다. 안창민은 미적미적 앉음새를 고쳐 마른 솔가지를 두 손으로 모아 잡았다. 허벅지 부상은 거의 나았지만 조금만 추워도 상처 부위에 사르르 찬바람이 일고, 조금 심한 추위에는 아린 통증이 등줄기로 뻗어 올랐다.

"안 동무, 그냥 앉아 있으시오. 말을 하잖고 왜……."

염상진이 재빨리 다가들어 안창민의 손에서 솔가지를 빼앗았다.

"안 동무가 요번에 피를 많이 쏟아서 추위를 많이 타는 것이오. 보를 시켜야 헐 것인디……."

180

사내가 말끝을 얼버무렸다.

"그러잖아도 보약을 지어 오게 했소."

염상진이 솔가지를 옮겨 놓으며 나직이 말했다.

"참말로 자알 허셨구만이라."

'자알'에 유난히 힘을 넣으며 염상진을 바라보는 사내의 눈길에 진한 신뢰감이 흘렀다. 그는 염상진의 하부 조직인 조성책 오판돌이었다.

"보약도 환약으로 지을 수 있는데요."

오판돌 옆에 묵묵히 앉아 있던 사내가 입을 열었다. 보성책인 이해룡이었다.

"환약도 생각해 봤지만 탕약보다 효과가 적지 않소."

염상진이 솔가지를 부러뜨리며 말했다.

"그런디 탕약 다리자면 애 좀 먹을 것인디요?"

오판돌이 고개를 갸웃했다.

"염려 없소. 내 손으로 할 일이니까."

염상진이 담담하게 말했다.

가는 솔가지들이 톡톡 소리를 내며 실오라기 같은 연기를 피워 올렸다. 염상진은 숨을 한껏 들이켰다가 길게 내뿜었다. 사그라지던 불씨가 바알갛게 살아나더니 솔가지에 확 불이 붙었다. 그래, 불길이 일듯이, 그렇게 일어서는 것이다. 나무만 있으면 불길은 타오르게 마련이다. 다만, 일시적 악조건이 닥치면 불씨가 재 속에서 그 열을 지키듯 자신들은 숨어 있는 동안 혁명 의지를 투철하게 지키는 혁명의 불씨여야 했다. 그리하여 땔감과 산소만 공급되면 언제든 불길을 일으키는 불씨처럼 자신들은 혁명의 불씨로 이글거려야 한다. 그리하여 기필코 혁명의 바다, 인민 해방의 바다에 당도하고 말리라. 그날의 승리와 영광을 믿을진대 투쟁이 고통일 수 있으며, 고난이 고생일 수 있으며, 죽음이 두려움일 수 있으랴. 염상진은 불길을 바라보며 몇 시간에 걸친 회의를 되새기고 있었다. 오판돌이나 이해룡의 혁명적 열정과 의지는 소나무처럼 굳세고 푸르렀다.

"새벽에 길 뜨자면 눈을 붙여야 쓰겠는디, 한 가지 염려스런 것이 있구만이라."

오판돌의 말에 염상진이 눈을 들었다.

"겨울이야 그작저작 난다 혀도, 그다음이 문제 아니겠는게라? 입이 한둘이 아닌디……."

"오 동무, 그 점은 염려 안 해도 될 거요. 당중앙에서 지금 계획을 수립하는 중이오."

"알겠구만요."

오판돌의 수긍하는 태도는 분명했다. 염상진은 당중앙을 내세워 옹색한 답변을 했을 뿐이었다. 그러나 그건 임기응변이 아니었

182

다. 부하에게 당을 신뢰하게 하는 것은 중간책으로서 마땅히 해야 할 일이었다. 오판돌의 염려가 아니더라도 염상진은 벌써부터 겨울이 지난 뒤의 문제를 고심하고 있었다. 몇 가지 방법을 떠올렸지만 어느 하나 확신이 들지 않았다. 자신이 거느리고 있는 병력은 이미 옛날의 지하 세포조직이 아닌 전투 병력이었다. 그 병력을 유지하기 위한 옷과 먹을거리 해결이 급선무였다.

"더 하실 말씀 없으신가요?"

이해룡이 물었다.

"없소. 그만 눈들 붙이도록 하시오."

염상진이 솔가지 불 위에 장작을 놓으며 말했다.

"대장님도 주무셔야제라."

오판돌이 벽에 등을 기대고 팔짱을 끼며 염상진을 보았다.

"그러지요. 먼 길 왔다가 새벽에 떠나자면 너무 늦었소. 어서들 주무시오."

염상진은 고개를 끄덕였다. 오판돌이 눈을 감았고 이해룡도 그 옆에서 눈을 감고 있었다.

요와 이불이 있을 리 없었다. 입고 있는 옷이 바로 요고 이불이었다. 염상진은 너울거리는 불길 너머로 두 사람의 모습을 물끄러미 바라보고 있었다.

"그만 주무시지요."

안창민이 말했다.

"그럽시다."

염상진이 불길에 눈을 던진 채 대꾸했다.

염상진은 마침내 조직책 회의를 비밀리에 소집했다. 그것은 전략 회의인 동시에 투쟁 개시를 뜻했다.

도당의 지시에 따라 그동안 해 온 일은 군당의 조직 강화였다.

조직 강화는 사상 교육과 무장투쟁 교육으로 이루어졌다. 사상 교육은 혁명에 대한 기초적인 인식과 한글 깨치기였다. 사상 교육은 대원들의 배우고자 하는 의욕이 있어 효과가 컸다. 문제는 무장투쟁 교육이었다. 소총 무장이 3할밖에 안 되고, 나머지는 대창이나 농기구를 이용한 원시 무장에 지나지 않았다. 소총이나마 제대로 갖추면 얼마나 좋을까······. 순간순간 스쳐 가는 안타

까운 바람이었다. 그러나 염상진은 그런 생각을 뿌리치며 3할밖에 안 되는 소총으로 대원들이 모두 총을 다룰 수 있도록 훈련시켰다. 그리고 무장투쟁과 산 생활에 필요한 모든 것을 익히게 했다. 비밀 아지트 장소를 찾는 요령, 그것을 만드는 법, 산의 경사면을 타야 하는 필요성과 요령, 은폐의 여러 가지 방법, 암호의 이용 등이었다. 그런데 그보다 중요한 게 기동성이었다. 적보다 재빨리 움직이는 것은 유격대의 기본이고 생명이었다. 조계산은 경사가 급한 데다 산줄기를 많이 거느리고 있어서 산 타는 능력을 기르기에 더없이 좋은 훈련장이었다.

야산 무력투쟁 개시……. 염상진이 중얼거렸다.

"14연대가 여수에서 일어나지 말고 제주도로 가서 그곳 동지들과 합류했으면 오히려 좋지 않았을까요?"

읍내를 떠나온 직후에 안창민이 한 말이었다. 그 말은 꽤나 깊은 의미를 담고 있었다. 그것은 날이 갈수록 궁지에 몰리고 있는 제주도의 4·3투쟁을 다시 활성화시키면서, 반면에 몇몇 지역을 겨우 1주일쯤 장악하고 나서 지하조직을 노출시키는 손실은 보지 않았을 것 아니냐는 뜻이었다. 안창민의 지적은 예리했다. 제주도의 고립된 투쟁에 어떤 돌파구를 마련해야 한다는 것은 절실한 문제였다. 미군은 공군과 해군으로 섬을 완전 봉쇄하고, 육군에 군경 병력과 서북청년단을 합세시켜 인민 투쟁을 잔악하게 저

186

지하고 있었다. 그런 상황에서 완전무장한 14연대가 제주도로 들어가 동지들과 한 덩어리가 되었다면, 제주도의 투쟁은 완전히 새로운 전기를 맞았을 것이다.

그러나 그것은 어디까지나 지금 와서 생각할 수 있는 방법론일 뿐이었다. 미군과 싸우기 위해서는 어차피 투쟁 지역을 넓힐 수밖에 없었다. 미 군정이 공산주의를 용납할 수 없는 적으로 보는 이상 미군은 혁명의 적일 수밖에 없었고, 그 본격적인 싸움이 바로 10·1인민항쟁이었다. 그때 미 군정은 해방과 함께 인민들이 새나라 세우기를 염원하며 자발적으로 만든 수많은 인민위원회를 산산이 부쉈고, 인민들을 수없이 죽였다. 미 군정의 그 행위는 혁명민족국가의 기틀을 파괴하고, 인민들의 국가 수립 능력을 말살하는 만행이었다. 그것은 곧 남쪽 땅의 식민지화 선언이었다. 그 흉계를 본격적으로 실천에 옮기기 위해 1단계로 좌익을 무력으로 탄압했고, 2단계로 괴뢰정권을 세우려는 단독선거 실시안을 내놓게 되었다. 그러나 미 군정의 흉계는 각본대로 진행될 수 없었다. 인민의 투쟁 의지가 엄연히 살아 있었던 것이다. 그 불길은 바로 제주도에서 솟아올랐다. 미 제국주의자들의 식민지 지배를 거부하는 제주도 인민항쟁은 결국 거기서 단독선거를 실시할 수 없도록 치열하게 전개되었다. 미 군정은 끝내 무력으로 괴뢰정권을 세웠지만 또다시 전라도 땅에서 투쟁의 불길이 타올랐다. 괴뢰정권을 세우고 나서 최초로 일으킨 대규모 투쟁, 그 의미는 결코 작지 않았다. 제주도의 투쟁을 확산시키고, 미국의 흉계를 박살 낼 수 있도록 투쟁해야만 하는 것이다.

염상진은 모닥불의 불꽃을 바라보고 있었다. 역사 위에 이 한 몸 저 불꽃처럼 태우리라…….

소화와 들몰댁은 각기 다른 곳에서 고문 취조를 당하고 있었다. 계란 장수로 변장한 정하섭이 현 부자네 별장에서 머문 사실을 청년단에서 알아챈 것이다. 소화가 별장 밖에서 정하섭을 전송하는 장면을 끄나풀에게 들켰으니 범행을 부인할 도리가 없었다. 끄나풀의 보고를 받은 염상구는 계엄사령관이나 경찰서장에게 알리지 않고 청년단원들을 출동시켜 정하섭을 뒤쫓았다. 두 시간 넘게 수색했지만 정하섭을 찾지는 못했다. 맥이 빠진 염상구는 돌아오는 길에 이삭을 줍듯 소화와 들몰댁을 잡았던 것이다.

"도대체 무슨 시건방진 짓이야! 청년단원이 무슨 수색 능력이 있다고 그따위 짓을 해! 너의 월권은 명령 불복종과 같고, 계엄하의 명령 불복종은 즉결 처분이야!"

뒤늦게 보고를 받은 심재모는 눈에 불을 켠 채 고함을 질러 댔다. 곧 총살이라도 시켜 버릴 듯한 기세에 염상구는 바들바들 떨었다.

심재모가 그렇게 흥분한 것은 단지 빨갱이를 놓쳤기 때문만은 아니었다. 사흘 전에 해결한 정 사장 사건의 후유증이 의외로 커서 골치를 썩다가 그 보고를 받은 것이었다. 서민영에게 진정서 작성을 부탁하자 그는 오히려 고마워하며 그 일을 맡았다. 그는 이틀 만에 400여 명의 도장을 받은 진정서를 제출했다. 불편한 몸을 이끌고 이틀 동안 그 많은 사람의 도장을 받아 낸 데서 갇혀 있는 소작인들이 한시라도 빨리 풀려나기를 바라는 서민영의 마음을 느낄 수 있었다. 심재모는 진정서를 접수한 다음 날 오전 정 사장과 네 소작인을 한자리에 앉힌 가운데 사건이 끝났음을 알렸다. 400여 읍민들의 진정을 받아들이지 않을 수 없고, 7일간의 구속으로 충분히 벌을 준 것으로 판단되어 귀가 조처한다. 단, 네 명의 가해자는 치료비와 피해를 보상해야 한다. 피해자는 피해 배상을 받아들이는 선에서 사건의 종결에 협조해야 한다. 이런 결정을 내리고 몇 시간이 지나지 않아 일이 터지기 시작했다. "당신, 벌교 지주들을 뭐로 아는 겨? 그래 갖고 벌교 바닥에서 붙어 날 성싶으당가?" 윤삼걸이라는 사람의 전화였다. "와따메, 명사또 나으리시여? 해방인지 지랄인지 되니께 깨구락지도 뛰고 짱뚱이도 뛰고, 오만 잡것들이 다 뛰면서 작인 놈들이 상전 집을 쳐들어와 가족을 복날 개 패듯이 패고 집을 두들겨 부쉈는디, 고런 폭도들 편을 들어? 명사또 나으리, 벌교가 갯가라는 것은 아시겠제? 갯가는 짠물이 많어. 우리는 고런 땅 지주들잉께 딴 땅 지주들보다 훨씬 짤 것잉만. 고 짠맛을 보고 싶은 모양이구만." 최익달이라는 사람의 전화였다.

지주들의 압력은 그게 끝이 아니었다. 대책위원회를 조직하기 위해 남원장에서 모인다느니, 광주 도청과 경찰국에 사건 조사를 의뢰한다느니, 그들의 움직임이 심재모의 신경을 날카롭게 자극하고 있었다. 그런 마당에 읍내에 침투한 빨갱이를 놓쳐 버렸다는 것이다. 그 사실이 지주들 귀에 들어가면 그들은 자신을 공격하는 무기로 그것을 활용할 것이었다. 흥분하지 않을 수가 없었다.

"도대체 그놈이 어떤 놈이야?"

"정하섭이라고, 술도가 정 사장 큰아들로……."

"뭐라고? 정 사장 아들?"

염상구에게 '정 사장의 큰아들'이라는 말을 듣는 순간 심재모는 출구가 열리는 것 같았다.

"두 여잘 잡아 왔다고 했지?"

"옛!"

"철저히 심문해서 배후를 캐내. 관련자는 하나도 남김없이 뿌리를 파내란 말야."

"옛, 철저히 명령 수행하겠습니다."

심재모는 정 사장과 그 아들의 침투가 연결되어 있기를 바라며 명령을 내렸다. 그것은 지주들의 움직임을 막고 그 압력에서 벗어날 수 있는 유일한 출구일지도 몰랐다.

염상구는 소화를 경찰서 지하실로 끌어다가 매타작을 시작했다. 보란 듯이 공을 세우려다가 오히려 궁지에 몰린 염상구는 분풀이할 데가 필요했고, 남김없이 뿌리를 파내라는 명령이라도 철저히 지켜 궁지에서 빠져나가야 했다. 그래서 염상구의 매질은 더 무작스러웠다. 소화는 매질이 시작되고 미처 30분이 못 되어 모든 사실을 털어놓았다. 매질을 못 견뎌서가 아니었다. 사실을 다 털어놓는다고 해서 몸을 피한 정하섭에게 해가 미칠 리 없었던 것이다.

소화의 자백은 곧 심재모에게 보고되었다. 세 차례에 걸쳐 정 사장이 아들에게 공산당 활동 자금을 주었다는 사실은 심재모를 충분히 만족시켰다. 심재모는 즉시 정 사장 내외의 체포를 명령했다.

그러나 소화는 그 자백만으로 염상구의 손아귀에서 놓여날 수 없었다. 염상구는 더 가혹한 매질을 했다. 빨갱이라는 자백을 받아야 했고, 읍내의 세포조직을 고구마 캐듯 줄줄이 캐내야만 했다. 증거도 있었다. 술도가 앞에서 맞닥뜨렸을 때 그녀는 바로 자금 운반책 노릇을 하고 있지 않았던가. 그런데도 그녀는 능청스럽게 재수굿 핑계를 댔다. 그 태연스러운 배짱은 갈 데 없는 빨갱이였다. 그리고 하대치의 마누라를 식모로 부리는 척 꾸며 함께 사는 것이야말로 결정적 증거였다.

염상구는 가죽 혁대를 손아귀에 두어 번 감아 팔을 치켜 올렸다. 공중을 돌며 싸늘한 마찰음을 낸 가죽 혁대는 그대로 소화의 몸뚱이를 감고 돌았다. 그녀의 매달린 몸이 꿈틀 흔들리며 비명이 터졌다.

"싸게 불어, 언제부터 빨갱이가 됐어!"

가죽 혁대를 내려칠 때마다 염상구는 이렇게 소리 질렀다.

"아니구만요. 그냥 심부름 혔구만요."

소화는 같은 소리만 되풀이했다. 살이 찢어지는 아픔으로 정신이 오락가락하면서도 그녀는 거짓말을 해서는 안 된다고 스스로를 일깨웠다. 거짓 자백은 곧 죽는 길임을 그녀는 알고 있었다.

"요런 오살 육시헐 년아, 빨갱이가 아니면서 그런 심부름을 허다니, 고것이 곧이들길 말이라고 혀? 불어, 싸게 불어."

가죽 혁대가 그녀의 몸뚱이를 난타했다.

"아니구만요, 아니구만요."

그녀는 몸을 비비 틀며 울었다. 그녀의 홑적삼에 피가 번지고 있었다.

"빨갱이가 아니면, 돈을 받고 심부름을 했냐. 싸게싸게 불어!"

"아니어라, 그냥 했어라."

"요 무당 년아, 고런 거짓말을 요 염상구가 믿어 줄 성부르냐? 실토를 안 혔다가는 여기를 살아서 못 나가. 니까짓 거 하나 죽이기는 식은 죽 먹긴께."

독물이 흐르는 듯한 눈과 질경질경 씹는 듯한 말은 매질보다 더 무섭고 공포스러웠다. 여기서 죽어? 소화는 고개를 저었다. 도저히 죽을 수는 없었다. 그녀의 온 정신은 아랫배로 쏠렸다. 거기에는 분명 그분의 생명이 담겨 있었다. 벌써 두 달째 입맛이 멀어지며 아침저녁으로 신열이 스치는 것은 무슨 까닭이랴. 무슨 수를 써서라도 살아야 한다. 그녀는 마음을 다잡았다. 그분을 마음에 두어 왔음을 그녀는 그 누구에게도 말하지 않으려 했다. 만약 그 말을 하면 그분과의 소중한 인연에 액이 끼고, 인연의 실이 끊길 것만 같았다. 신령님에게만 고함으로써 그분과의 인연을 지키고 싶었다. 그러나 이제 어쩔 도리가 없었다. 무작정 아니라고만 하다가는 매타작을 당해 죽게 될 것만 같았다. 살아서 그분의 생명을 지키려면 그분과의 인연을 말하지 않을 수 없었다.

"다 말허겄구만이라."

소화는 숨을 들이켰다. 염상구의 눈이 빛났다.

"옛날부터 지 맘속에 그분이 있었구만이라. 그런디 그분이 심부름을 시켜서, 지는 그분을 돕는 것이 좋아서 그냥 헌 일이구만요."

"뭣이 어쩌고 어째!"

이빨을 부드득 갈아붙인 염상구는 소화의 얼굴을 사정없이 후려갈겼다. 언제부터 빨갱이가 되었고, 또 다른 세포는 누구누구인지 하는 자백이 나올 줄 알고 있던 그는 그만 걷잡을 수 없이 성질이 치솟았다. 소화의 코에서 피가 주르륵 흘러내렸다.

"요런 싸가지 없는 무당 년아, 싸게 불어, 불어!"

가죽 혁대가 소화의 몸을 휘감았고, 뚝뚝 떨어지는 코피가 흰 적삼을 물들였다.

"인제 헐 말 다 혔응께 죽일라면 죽이씨요. 내가 거짓말 안 허는 것은 신령님이 내려다보고 계시요."

소화는 이빨을 앙다물며 염상구를 뚫어져라 보았다.

"화, 선생 년도 사랑 타령, 무당 년도 사랑 타령, 이거 사람 미치겠네."

염상구는 카악 가래를 돋우어 내뱉었다.

한편, 들몰댁은 형사부장 장길춘에게 고초를 당하고 있었다. 무당과 함께 살면서 어떤 공산당 활동을 했고, 정하섭 말고 누구와 접선했으며, 남편 하대치는 몇 번이나 다녀갔고, 읍내 세포는 누구인지 추궁당했다. 그러나 들몰댁으로서는 정하섭이라는 사람이 별장에서 하룻밤을 잤다는 것도, 소화가 그 사람 심부름을

194

했다는 것도 까맣게 모르는 일이었다. 소화는 정하섭 이야기를 한 번도 입 밖에 낸 적이 없었다. 이번 일을 당하고서야 비로소 소화가 왜 그리 자신에게 고맙게 했는지 깨달았을 뿐이다. 들몰 댁은 계속되는 추궁에 모른다는 대답만 되풀이할 수밖에 없었다. 그럴 때마다 매질은 더 거세어졌다.

징역 1년에 집행유예 1년을 선고받은 전 원장 일행이 역에 도착할 시간이 가까워지고 있었다. 집행유예로 풀려나기는 했지만 전 원장과 간호원, 이지숙은 엄연히 실형을 받은 것이었다.

"세 사람을 만나 보시겠습니까?"

경찰서장이 심재모에게 조심스럽게 물었다.

"관심은 가지만, 제가 역으로 나갈 수도 없고, 그렇다고 이리로 오라고 할 명분도 없지 않은가요. 차츰 만나 보는 게 좋겠어요."

"그러시겠습니까. 저는 나가 보도록 하겠습니다. 제가 맡았던 사건이고 해서."

"그러시지요."

심재모는 경찰서장을 따라 의자에서 일어서는 예의를 보였다.

플랫폼에는 마중 나온 가족 열서너 명이 서성이고 있었다. 권 서장은 그들에게서 멀찍이 떨어져 경찰이란 직업의 곤혹스러움을 씹고 있었다. 일제하에서 경찰이 되고 싶어 된 것은 아니었다.

아버지의 갑작스런 죽음과 다섯 형제가 들끓는 가난을 이겨 내라고 외삼촌이 어렵게 마련한 자리를 피할 방법은 없었다. 먹고살아야 하니까 ─그건 부족함 없는 명분이었다. 그러나 그건 어디까지나 사적인 것일 뿐 대의 앞에서는 부끄럽기 짝이 없는 변명이었다. 해방이 되고 친일파들을 죄인으로 다스려야 한다는 인심이 뜨겁게 일어났을 때 두렵기보다는 차라리 홀가분한 심정이었다. 그런데 그것도 흐지부지되고, 다시 우물쭈물하며 경찰복을 입게 되었다. 누가 누구를 죄인이라고 잡아넣고, 재판을 하는 것인지, 그는 가끔 자괴감에 빠지고는 했다.

기차가 들어오고 있었다. 권병제는 아까부터 김범우를 찾았지만 보이지 않았다. 아마 광주에서 전 원장 일행과 함께 오는 모양이었다. 김범우, 나이에 비해 의젓하고 당당하고, 그러면서도 겸손한 사나이. 그도 한때 염상진과 함께 사회주의에 물들어 있었다고 했다. 사실 일제 치하에서 고등교육을 받은 사람치고 조국과 민족의 장래를 염려했다면 사회주의에 물들지 않을 수 없었을 것이다. 일본 경찰이나 헌병들이 공산주의자나 사회주의자나 아나키스트를 모두 한 두름에 엮어 색출하느라고 그렇게 혈안이었던 만큼 그것은 독립을 쟁취할 수 있는 방법으로 믿어졌을지 모른다. 염상진이라는 사람도 김범우와 비슷한 사람일까. 그는 아무런 근거 없이, 두 사람이 많이 닮았을 것이라고 생각했다.

권병제는 웅성거리는 사람들 사이로 눈길을 보냈다. 전명환 원장이 수척해진 얼굴로 웃고 있었다. 전 원장 옆에서 간호원이 울고 있었고, 그 옆에 서 있는 이지숙의 얼굴은 섬뜩한 느낌이 들만큼 냉정해 보였다. 징역 1년에 집행유예 1년의 실형은 그녀한테서 교직을 빼앗을 것이다. 자유직업인 의사는 상관없지만 공직인 선생은 자격을 정지당할 수밖에 없었다. 그는 전 원장에게 건넬 첫마디를 생각하며 무거운 걸음을 옮겼다.

그 시각, 부인과 함께 유치장에 갇힌 정 사장은 중대 결정을 내렸다. 아들에게 돈을 장만해 준 사실을 모두 자신이 뒤집어쓰기로 한 것이다. 마누라가 자기 몰래 그 짓을 했다는 것은 날벼락이었다. 볏짚을 지고 불구덩이로 뛰어드는 멍텅구리 같은 짓을 저지르다니, 성질대로 하자면 여편네 머리끄덩이를 낚아채야 할 일이었다. 그러나 한편으로 생각하면 새끼를 어쩌지 못하는 에미의 마음이고, 엎질러진 물이었다. 다시 퍼 담을 수는 없어도, 닦아내기나 제대로 해야 했다. 우선 둘 다 갇혀 있을 필요는 없었다. 아무나 하나는 풀려나야 했다. 그런데 마누라를 남겨 놓고 자신이 풀려날 수는 없는 노릇이었다.

마누라를 일단 내보내고 나서 심재모와 담판을 지을 작정이었다. 그러나 정 사장은 담판에 자신이 생기지 않았다. 상대가 옛날 서장 남인태가 아니라 심재모였던 것이다. 돈 앞에 녹아나지 않는 놈이 어딨어, 그는 애써 이렇게 생각했지만 심재모는 어쩐지 다를 것 같았다. 그 절뚝발이 예수쟁이 놈 서민영이 진정서를 만든 것이 화근이지만, 진정서를 받았다 해도 묵살해 버리면 그만일 일이었다. 현실적으로 어느 편을 들어야 유리할지는 세 살 먹은 어린애도 아는 판에 심재모는 소작인들 편을 들었다. 그런 놈이 돈에 녹아날까? 정 사장은 점점 자신감을 잃고 있었다. 담판이 안 된다면 벌을 받는 길밖에 없었다. 정 사장은 몸서리를 쳤다. 나는 공산당이라면 치가 떨리는 사람이여. 하섭이 그놈 이름을 호적에서 파라면 팔 수 있어. 그놈은 애비를 두 번씩이나 유치장에 처넣은 집안을 망쳐 먹을 놈이었다. 그래서 벌교를 뜨려고 했는데, 어쩌자고 하필이면 이 대목에서 사건이 터진단 말인가. 정 사장은 생각할수록 애가 탔다.

이틀 동안 줄기차게 고문을 당한 소화는 혼미한 의식 속을 헤매고 있었다. 위로 치켜들려 묶인 두 팔의 통증도 잊은 지 오래였다. 그러나 무슨 일이 있어도 빨갱이라고 거짓 자백을 할 수는 없었다. 그것은 죽음의 길이었고, 그녀는 죽을 수 없었다. 다시 정하섭을 만나야 했다. 그의 씨를 지켜야 했다. 그 일념으로 매의 아픔도 이겨 내며 거짓 자백을 거부했다. 매질을 당할 때마다 그녀는 신령님을 불렀다. 내 딸아, 내가 너를 지켜 줄 것이니라. 그녀는 신령님의 응답을 듣고 있었다.

시간이 흐를수록 염상구는 짜증이 치받쳤다. 매질을 몇 차례 하지 않아 술술 불어 대기에 녹록하게 보았는데 정작 필요한 대목에서는 매질이 전혀 효과가 없었다. 저것이 참말로 멋모르고 심부름만 헌 것이 아닐랑가? 이런 생각이 들기도 했지만, 그는 그 생각을 야멸치게 뿌리쳤다. 그의 매질은 갈수록 난폭해졌다.

"아우, 아우 배야. 아우 엄니이이……."

소화가 몸을 비비 틀며 신음을 토했다. 한바탕 매질을 한 뒤에 의자에 앉아 쉬던 염상구가 후딱 고개를 돌렸다.

"아우 배야, 엄니, 나 죽어, 아우 배야……."

소화는 몸부림치며 발을 버둥거렸다.

염상구는 이상한 예감이 들어 의자에서 벌떡 일어섰다.

"어째 이려, 정신 차려!"

염상구는 소화의 턱을 틀어잡았다. 그녀의 눈은 뒤집혀 있었고, 이빨은 응등물려 있었다. 이년이 배창새기가 터져 부렀능가? 염상구는 덜컥 겁이 났다.

"아우 엄니, 나 죽네, 안 되야 엄니, 안 되야, 아이고 배야……."

"정신 차려! 어디가 아파서 이려."

소화는 염상구의 고함을 듣지 못한 채 아랫배가 비틀리고 찢어지는 듯한 아픔에 휘둘리고 있었다.

염상구는 두 팔을 매달아 묶은 밧줄을 풀었다. 그녀의 몸이 시멘트 바닥으로 무너져 내렸다.

"아니, 어쩐 일이여!"

염상구는 주춤 뒤로 물러섰다. 시멘트 바닥에 피가 홍건히 괴어 있었던 것이다. 그리고 그녀의 다리에도 흘러내린 핏자국이 선명했다. 염상구는 아찔했다. 이대로 죽게 되면 자신의 앞날은 캄캄해지는 것이었다. 무당을 잘못 건드리면 해를 입는다더니 그 말이 영락없다 싶었다.

"배 어디가 아픈 겨? 말혀 봐."

염상구는 허둥거리며 소리를 질렀다.

소화는 가늘게 눈을 떴다. 그녀는 아랫배의 통증이 소용돌이치는 속에 무엇인가가 쏟아져 내리고 있음을 깨달았다. 그녀는 불현듯 몸을 일으켰다. 하체는 피범벅이었다.

"안 되야, 엄니이!"

그녀가 느닷없이 울부짖었다. 그리고 시멘트 바닥에 괸 피를 두 손으로 떠올리듯 하며 소리쳤다.

"안 되야. 엄니, 그이 씨를 요리 망쳐 뿔면 안 되야. 엄니, 엄니이이……."

그녀는 꼭 실성한 것처럼 몸부림치며 울부짖었다.

염상구는 그때서야 소화가 정하섭의 아이를 뱄다는 사실을 알아차렸다. 그와 함께 그녀가 빨갱이가 아니라는 사실도 깨달았다.

29

대나무 전설

　첫 얼음이 얼었다. 11월의 하늘을 뒤덮던 까마귀 떼는 어디로 자취를 감추고 12월의 하늘은 기러기 떼 차지가 되었다. 김범우는 소화다리를 건너고 있었다. 매운바람에 귀가 시렸다. 그는 겨울을 실감했고, 염상진이 생각났다. 겨울 산 생활이 얼마나 어려울까, 안창민의 부상은 나았는지, 그런 걱정스러운 생각들이 떠올라 마음이 무거웠다. 그는 서둘러 걸음을 옮겼다. 순천행 통학 열차 시각이 가까워 있었다.

　전 원장의 석방을 기다리며 광주에 머물다가 집에 돌아와 보니, 12월 1일부터 정상 수업을 한다는 편지가 와 있었다. 이틀 동안 무단결근을 한 셈이었다. 그러나 결근에 크게 신경 쓰지는 않았다. 정상 수업을 한다지만 실제로 정상 수업이 이루어지기란 거의 불가능했다. 선생들이나 학생들이 적지 않게 죽고 상한 데다 사회 분위기도 뒤숭숭한 상태였다.

예상대로 수업은 제대로 되지 않았다. 사고를 당한 학생이 한 반에 칠팔 명은 보통이고 어떤 반은 열 명이 넘기도 했다. 학생들은 공부할 의욕을 보이지 않았다. 선생들도 기계적으로 종소리에 맞춰 움직일 뿐이었다.

김범우는 넷째 시간이 끝난 뒤에야 선우진 선생이 사고를 당한 사실을 알았다. 선우진은 수업에 들어갈 때마다 공산주의에 대해 비난을 퍼부었고, 그날 밤 괴한 서너 명에게 난도질을 당했다고 했다.

김범우는 선우진의 성급함이 딱했다. 그는 단순하게도 좌익 학생들이 완전히 사라진 줄 알았을 테고, 어리석게도 자신의 증오에 찬 감정을 마음껏 뱉어 냈을 것이다. 공산당 조직이 치밀하고 비밀스럽다는 것쯤은 알고 있었어야 했다.

김범우는 점심시간에 도립 병원을 찾아갔다. 수술까지 받은 선우진은 머리부터 팔다리까지 온통 붕대에 감겨 있었다.

"김 선생, 내가 이 꼴이 될라고 월남을 한 게 아닙니다."

김범우를 알아본 선우진이 목이 메어 한 첫말이었다. 그의 눈에 괸 눈물이 눈꼬리를 타고 흘러내려 붕대로 스며들었다. 자신의 의사와는 상관없이 고향을 버려야 했고, 다시 타향에서 생명의 위기를 당한 한 남자의 외로움과 비통함이 붕대에 싸여 있었다.

"김 선생, 날 이 꼴로 만든 빨갱이 놈들은 잡았다고 하던가요?"

"선우 선생이 변을 당했다는 말을 듣고 바로 오는 길이라 그것 까진 모르겠군요."

"세 놈이었어요, 세 놈. 어두워 얼굴을 보지 못한 게 원통해요. 그놈들을 꼭 좀 잡아 주세요."

선우진의 감정은 격해지고 있었다.

"선우 선생은 그런 데 신경 쓰지 말고 몸이나 빨리 회복하도록 해요."

김범우가 고개를 끄덕이면서 말했다.

"김 선생, 내가 월남해서 크게 잘못한 일이 한 가지 있어요."

선우진은 어느새 감정을 다스렸는지 착 가라앉은 음성으로 말했다.

"뭘요?"

"월남했을 때 선생이 되지 말고 남들처럼 경찰이나 군대에 들어가야 했어요. 그랬으면 빨갱이한테 원수도 갚고, 이런 꼴도 안 당했을 것 아닙니까."

김범우는 한심하다는 듯 선우진의 옆얼굴을 물끄러미 바라보왔다.

"경찰이나 군인이 되면 복수를 할 수는 있겠지만 그만큼 죽을 확률도 크다는 것을 잊지 마시오."

김범우는 매정하다 싶게 말했다. 선우진이 정말 경찰이나 군인이 되려 할지 모른다 싶었던 것이다.

낙안댁은 아들 하섭에게 돈을 장만해 준 사실을 모르는 일이라고 부인했다. "남정네가 허는 일을 안에서 어찌 알겠소." 그러면서도 자신의 죄를 고스란히 남편에게 뒤집어씌우는 죄스러움에 가슴이 아팠다. "모르는 일이라고요?" 심 대장이라는 사람은 이쪽의 속을 환히 알고 있다는 듯 찬바람이 이는 웃음을 입가에 물었다. 그러면서도 더 캐묻지는 않았다. "좋습니다, 아주머니까지 잡아 둘 수는 없지요." 심 대장이라는 사람은 어느 한구석 녹록해 보이는 데 없이 강단지고 반듯해 보였다. 낙안댁은 집으로 돌아와서도 어떻게 그 사람 마음을 돌려 남편이 풀려나게 할지 생각했다. 하지만 아무리 궁리해도 뾰족한 수는 떠오르지 않았다. 그렇게 애를 끓이고 있는데 염상구가 찾아들었다. 낙안댁은 마음이 조급하던 참이라 평소에 그를 낮춰 보던 감정은 간 데 없고 반가움이 앞섰다. 저것이 그래도 청년단장인데 무슨 수가 있을지도 모르지.

"어쩐 일이신가, 날도 추운디."

낙안댁의 음성은 어느 때 없이 부드러웠다.

"전헐 말이 있어 왔구만이라."

염상구는 심드렁하게 말하며, 죄를 짓고 봉께 나 같은 놈헌테도 기가 죽어 요리 살갑게 허는구만, 하고 넘겨짚었다.

"심 대장이 무슨 말 전허라고 허등가?"

낙안댁은 성급하게 속을 드러냈다.

"심 대장이요? 아닌디요."

염상구는 상대방의 마음을 다 헤아리며 일부러 불퉁스럽게 대꾸했다.

"허면 무슨 전헐 말이 있을까아?"

말꼬리가 길어지며 낙안댁의 얼굴이 새치름해졌다.

"요번 사건에 관련이 있는 말이구만이라. 어째, 들어 보실라요?"

염상구는 싫다면 그냥 돌아가겠다는 듯 말했다.

"날이 찬디 방으로 들어오소. 내가 사람을 추운 데다 세워 놓고 이러네, 시방."

낙안댁은 염상구를 방으로 들게 했다.

"아짐씨, 무당 며느리 보게 생겼습디다?"

염상구는 방바닥에 엉덩이를 붙이자마자 느닷없는 말을 내던졌다.

"뭣이여? 고것이 무슨 소리여?"

낙안댁의 얼굴이 딱 굳어졌다. 소화가 하섭이의 아이를 갖기라도 했단 말인가. 아니면 이놈이 돈푼을 알겨내려는 것인가.

"아직 모르고 있었습디여? 그러면 내가 먼저 알았는가?"

염상구는 딴전을 피웠다.

"이 사람아, 사람 속 태우지 말고 싸게싸게 말허소."

"알겠구만요. 그 처녀 무당이 애를 뱄드만이라."

염상구는 낙안댁을 똑바로 보며 말했다.

"워메, 이 일을 어쩔거나!"

낙안댁은 얼굴이 하얗게 질렸다.

"나 인제 가 볼라요."

"이 사람아, 이러고 가면 어쩌는가. 의논 좀 허세."

낙안댁이 일어서려는 염상구의 소매를 붙들며 매달렸다.

"색시가 아주 이쁘고 얌전튼디, 아짐씨는 며느리 삼기 싫은갑제라?"

"속에 불 지르지 마소. 근디 애를 뱄어도 아직 표는 안 날 것인디, 그것까지 자백허등가?"

머리 돌아가는 것이 제법이라고 염상구는 생각했다.

"활동사진 보듯 훤히 아시능마요."

"어쨌거나 애를 못 낳게 해야 헐 것인디……"

그새 감정을 추스른 낙안댁은 냉정하게 해결 방법을 찾고 있었다. 염상구는 이제 그만 사실대로 털어놓을까 하다가 기왕 시작한 거 좀 더 애를 먹이기로 했다.

"이보소, 무슨 좋은 방도가 없겠는가?"

"글쎄요, 고걸 내가 어찌 알겠소."

염상구는 낯 두꺼운 능청을 떨었다.

"그려, 좋은 방도가 있네. 자네가 애를 떼 주소."

낙안댁이 밝은 목소리로 말했다.

"아니, 의사면 수술을 허고 무당이면 굿을 허겠지만 내가 무슨 수로 애를 떼라."

"자네 취조허면서 매질 안 허는가? 고때 애를 떨어지게 해 달란 말이시."

낙안댁의 목소리는 속삭이듯 낮았다. 아, 무서운 여자. 양반입네 부자네 하며 겉으로는 점잖은 척하면서 속으로는 이런 끔찍한 생각을 품는 징글맞은 여자. 그래, 기왕 애는 떨어진 것, 이런 부탁을 맨입으로 하지는 못할 것이다! 염상구는 낙안댁을 바라보며 생각했다.

"글쎄요, 고것도 사람은 사람인디……."

"수고비 톡톡히 낼 것이니 나 좀 살려 주소. 무당이 새끼를 낳아서 안고 들어오는 날에는 우리 집안 망허네."

"얼마를 주시겄소?"

"쌀 닷 가마."

염상구는 고개를 저었다.

"허먼, 여섯 가마니."

"제기랄, 누구를 거지새끼로 아요? 살인을 시키면서 요게 뭣이여."

염상구는 방바닥을 박차고 일어났다.

"아니시, 아녀. 자네가 불러 보소."

낙안댁은 염상구를 붙들고 늘어졌다.

"좋소, 딱 스무 가마니만 내씨요. 더 무슨 말 허먼 나허고는 그만이요."

"알겄네."

낙안댁은 맥 빠진 소리를 흘렸다.

"당장 가서 일을 끝내겄소. 쌀은 일 끝내고 챙길 것잉께 준비혀 두시씨요."

염상구는 당당한 걸음걸이로 안방을 나섰다.

두 시간쯤 지나 낙안댁은 염상구의 전화를 받았다.

"패도 너무 무작스럽게 팼는지, 죽을까 겁이 나서 병원으로 옮겨 놨구만이라."

"근디 그 일이 소문나면 어쩔 것인가?"

"매질 심허게 혀서 애 떨군 것이야 내가 뒤집어쓰는 잘못인디, 그 일이 어찌 소문이 나겄소?"

"알었네, 쌀 실어 가소."

낙안댁은 전화를 끊어 버렸다.

이지숙은 이틀 동안 자리에서 일어나지 못한 채 식은땀을 흘리며 끝없는 악몽에 시달렸다. 살점이 떨어져 나가도록 매질을 당하고, 염상구에게 목이 졸려 죽기도 하고, 자신이 염상구를 죽이기도 하고, 목발을 짚은 안창민이 산골짜기를 헤매며 짐승처럼 소리를 지르고, 학급 아이들이 자신에게 빨갱이라고 외치며 신주머니며 필통을 던지고……. 그녀는 눈 감기를 두려워하며 이틀을 보냈다.

서너 숟가락을 뜨다 말고 아침 밥상을 물린 그녀는 벽에 몸을 부린 채 멍하니 앉아 있었다. 몸 여기저기에 잡힌 멍 자국들은 처음의 검푸르칙칙한 색깔에서 누르퉁퉁하고 푸르죽죽하게 변해 있었다.

이지숙의 고향은 죽세공품으로 이름난 고장 담양이었다. 대는 호남 지방 어디나 울울하게 퍼져 있었다. 그런데 그중에서 담양의 대가 으뜸으로 꼽혔다. 담양의 대를 '왕대'라고 부르는데, 그 이름대로 원통의 크기가 워낙 굵었고, 키도 열 길 높이로 치솟았다.

이지숙은 담양 지주 이장원의 4남 1녀의 막내딸이었다. 그녀가 사회주의에 빠져든 것은 셋째 오빠의 영향이었다. 셋째 오빠는 말수가 적은 냉정한 성격에 사리 분별이 정확했다. 그녀는 어릴 적부터 그런 셋째 오빠를 무척 따랐고, 오빠도 여동생을 남달리 사랑했다. 그녀의 셋째 오빠는 광주서중학교를 다닐 때부터 사회 주의 의식으로 무장하기 시작했다. 소학생인 그녀에게 셋째 오빠 는, "부자와 가난한 사람은 서로 같으냐, 다르냐?", "부자가 가난한 사람을 업신여기는 것은 옳으냐, 그르냐?" 하는 말을 불쑥불쑥 묻고는 했다. 그녀가 대답을 잘하면 오빠는 그녀를 꼭 안아 주기 도 했고, 캐러멜을 주기도 했다. 그리고 대답을 잘못하면 왜 잘못 된 생각인지 알아듣기 쉽게 설명해 주고는 했다. "떡 한 쪽이라도 가난한 아이들과 나눠 먹어라." "내 배가 부를 때 배고픈 동무 열 이 있다는 걸 생각해라." 이런 말도 들려주고는 했다. 대나무 전 설도 셋째 오빠가 들려주었다.

옛날 어느 작은 마을에 큰 부자가 있었다. 작은 마을의 큰 부자 란 그 마을의 논밭이며 산이 모두 그의 것이고, 마을 사람들은 모두 그 집의 소작인이라는 뜻이었다. 그 부자는 어찌나 욕심이 많은지 추수 때 나락을 받아들이며 꼭 자기가 보는 앞에서 말질 을 시켰고, 말을 쿵쿵 다지게까지 했다. 자기 산에서는 솔가지 하 나 꺾지 못하게 했고, 솔잎 한 갈퀴 긁어내지 못하게 했다. 동네 사람들이 나무를 한 짐 하자면 몇십 리 밖으로 나가야 했다. 그런 그가 흉년이 들었다고 소작료에 사정을 둘 리 없었다. 그런데 한 해도 아니고 내리 3년을 흉작이 덮쳐 왔다. 빚 무서운 줄 알면서도 굶어 죽을 수는 없어 이미 두 해에 걸쳐 빌린 장리쌀 빚이 있는 데다, 소작료에 장리 빚 이자를 합쳐 나락을 바치면 사람들은 거의가 굶어 죽게 될 형편이었다. 그래서 사람들은 장리 빚을 내년으로 연기해 주거나, 아니면 소작료 반을 1년 동안 연기해 달라고 사정했다. 그러나 그 사정은 받아들여지지 않았다. 동네 사람들은 그대로 굶어 죽을 수는 없어 몇 차례나 지주를 찾아가 장리쌀을 풀어 달라고 애걸했다. 그러나 지주는 고개를 내저었다. 겨울이 깊어 가면서 죽마저 끓일 수 없는 집들이 늘어 갔다. 그러던 어느 날 밤, 세 남자가 부잣집 담을 넘어갔다가 그 집 하인들에게 붙들렸다. 다음 날 세 남자는 동네 사람들 앞에서 부잣집 하인들에게 맞아 죽었다. 그 일이 있고부터 누구도 부잣집 창고를 넘볼 수 없게 되었다. 그러나 사람들은 앉아서 죽기를 기다리지는 않았다. 여섯 남자가 몰래 굴을 파기 시작했다. 그 굴은 부잣집 창고 쪽으로 뚫려 나갔다. 여섯 사람은 사생결단으로 굴을 파서 마침내 창고 아래에 다다랐다. 그러나 그들을 기다리고 있는 것은 죽음이었다. 창고에 쌓인 쌀가마니 무게 때문에 굴이 무너지고 만 것이다. 결국 여섯 사람은 쌀가마니에 깔려 죽었다.

부잣집 종들이 파낸 시체는 모두 한 구덩이에 묻혔다. 그리고 여섯 사람의 식구들은 마을에서 내몰렸다. 곧이어 이 집 저 집에서 굶주려 죽는 사람들이 생겨났다. 먼저 노인들이 죽어 갔고, 아이들이 그 뒤를 따랐다. 사람들이 부잣집으로 몰려가 제발 살려 달라고 애걸했지만 대문은 열릴 줄 몰랐다. 겨울이 지나자 동네 사람의 3할이 죽었고, 살아남은 사람들도 영양실조에 걸려 사경을 헤매고 있었다. 그때서야 농사지을 일이 걱정이 된 부자는 장리 쌀을 풀었다. 그런데 봄이 오면서 동네 이곳저곳에 전에는 볼 수 없던 괴상한 싹이 돋기 시작했다. 잎도 줄기도 없이 솟아난 그 싹은 부잣집 마당은 말할 것도 없고, 안방 구들을 뚫고도 솟았고, 창고 쌀가마니를 뚫고도 솟았다. 부자는 종들에게 그 싹을 다 쳐 없애라고 호령했다. 그러나 그다음 날이면 다른 싹이 돋았고, 쳐내고 나면 또 다른 싹이 돋았다. 여름이 되자 부잣집은 그 나무로 가득 차 완전히 폐가가 되었고, 농토에도 빽빽이 들어차 농사를 지을 수 없게 되었다. 부자가 마을을 뜬다는 소문이 퍼졌다. 농사를 지을 땅이 없어졌으므로 소작인들도 마을을 떠나지 않을 수 없었다. 그런 어느 날 밤, 동네 남자들의 꿈에 맞아 죽은 세 사람과 굴에 파묻혀 죽은 여섯 사람이 함께 나타났다. 우리는 가슴에 맺힌 한을 풀 길이 없어 나무로 환생했다. 먹을 것은 다 부자 놈한테 뺏기고 배를 곯을 대로 곯아 겉모양만 사람이지 속이 텅

텅 비었던 생전의 꼴새 그
대로 환생한 까닭에 나무
속도 텅텅 비어 있다. 나무
를 잘라 보면 알 것이다. 그
나무를 길게 잘라 한쪽 끝을
뾰족하게 다듬어 그것으로 부
자 놈을 찔러 죽여라. 그리고 빈
통에 그놈의 피를 채워 우리가
묻힌 자리에 뿌려 주면 맺힌 한
을 풀고 저승길을 편히 갈 것이
다. 부자 놈이 떠나기 전에 원
수를 갚아라. 우리 원수를 갚아
주지 않으면 너희에게 화가 미
칠 것이다. 이런 말을 남기고 아
홉 사람은 홀연히 자취를 감추었
다. 꿈이 하도 생생해서 남자들은
동시에 잠이 깨었고, 옆집 옆집으
로 연락해서 한자리에 모여 앉았다.
모두 똑같은 꿈을 꾼 줄 알게 된 남자
들은 죽은 이들의 뜻을 따르기로 했다.

그래서 나무를 잘라 보았더니, 과연 나무는 속이 텅 비어 있었다. 남자들은 그 나무로 창을 만들어 들고 부잣집으로 쳐들어갔다. 부자는 창에 찔려 죽었고 그의 피를 사람들이 묻힌 자리에 뿌렸다. 며칠 뒤에 이상한 일이 벌어졌다. 농토에 솟은 그 나무들이 노란 꽃을 피우더니 꽃이 지면서 나무들도 죽었다. 그 노란 꽃은 한을 푼 넋들의 승천이고, 농토의 나무들이 말라 죽은 것은 다시 농사를 짓고 살라는 뜻이었다. 사람들은 죽은 나무숲에 불을 질러 다시 농토를 일군 다음 골고루 땅을 나누었다. 그런데 그 농토는 전보다 훨씬 기름져 곡식이 제 몸을 가누지 못하고 누울 지경이었다. 사람들은 자기들을 보살피는 망자들의 넋에 고마워하며 추수 첫 곡식으로 제사상을 정성스럽게 차렸으며, 그 나무는 옮겨 심는 사람도 없는데 해마다 이 고을, 저 고을로 퍼져 나갔다. 누가 이름 지었는지 모른 채 사람들은 그 나무를 '대나무'라 부르게 되었다. 대를 물린 가난한 넋의 환생이란 뜻이라고도 했고, 남들 대신 죽어 남을 이롭게 한 넋의 환생이란 뜻이라 말하기도 했다. 대나무는 가난한 소작인의 넋이라서 춥고 배고픈 것을 싫어해 기온이 따뜻하고 농지가 넓은 땅에만 산다고 했다. 그리고 겨울에 댓잎이 유난히 서걱거리는 것은 '추워, 배고파, 옷 줘, 밥 줘.' 하는 넋들의 읊조림이라고 했다.

그런 이야기들을 들으며 자란 이지숙은 공주사범에 진학하자

자연스럽게 사회주의에 빠져들었다. 셋째 오빠가 세상을 떠난 것은 그녀가 3학년 때였다. 일본 경찰의 체포를 피해 도주하다가 총에 맞아 죽은 것이다. 오빠의 죽음을 계기로 그녀는 더 열성적인 사회주의자가 되었다. 그녀가 벌교에서 교편을 잡고 있었던 것은 생계를 위해서가 아니라 일종의 은신책이었다.

이틀 동안 자리에 누워만 있던 이지숙은 사흘째 되는 날 서민영을 찾아갔다. 그녀는 자신을 대충 소개했고, 전 원장 사건에 관심을 기울이던 서민영은 이지숙을 그런대로 친근하게 대해 주었다.

"저를 선생님 야학에서 일하게 해 주십시오."

이지숙이 또렷하게 한 말이었다.

"야학에는 보수가 없소."

서민영이 말했다.

"알고 있습니다."

"생계는 어찌할 거요?"

"그동안 저축한 게 있습니다."

"결혼할 나이 아니시오?"

"아직 결혼할 처지가 못 됩니다."

서민영은 고개를 끄덕였다.

"그래요, 뜻이 있다니 일을 해 보도록 해요."

216

"선생님, 고맙습니다."
이지숙은 깊이 고개를 숙였다.

30

전라도

소화는 퇴원한 뒤에 유치장에 갇혔다. 혼자 유치장에 갇혀 있던 들몰댁이 그녀를 맞았다.

"들몰댁⋯⋯."

소화는 들몰댁의 손을 잡으며 목이 메었다. 반가움이나 서러움 때문이 아니라, 죄스러움 때문이었다. 아무것도 모르는 들몰댁은 조사를 받으며 '모른다.'는 말을 되풀이할 수밖에 없었을 테고, 조사관은 더욱 심하게 다루었을 것이다. 그 억울함과 답답함이 어땠을까. 소화는 들몰댁 앞에 얼굴을 들 수가 없었다.

"몸은 좀 어떠신게라?"

들몰댁은 반가움으로 소화의 손을 맞잡으며 물었다.

"그만허구만요."

소화는 핏기 없이 부석부석한 얼굴에 희미한 웃음을 지었다.

"아무리 죄를 지었다 혀도 사람을 그리 무작스럽게 패다니……."

들몰댁의 멍 잡힌 얼굴이 곧 울 것처럼 일그러졌다.

심재모는 정 사장 사건을 어떻게 처리할지 고심했다. 정 사장이 공산주의자가 아닌 것은 분명했다. 그러나 공산주의자인 아들에게 돈을 건넨 것은 피할 수 없는 범법 행위였다. 정 사장은 횡설수설하며 풀려나려고 급급했다. 그러나 정 사장의 죄를 공정하게 따지기 위해서는 그를 법원으로 넘길 수밖에 없었고, 자금 운반 책 노릇을 한 무당도 함께 넘길 수밖에 없었다.

"읍민들의 관심이 쏠려 있는 만큼 그렇게 처리하는 것이 좋겠습니다."

경찰서장이 동의했다.

"읍민들의 관심은 대체로 어떤 것인가요?"

"정 사장이 벌을 받느냐, 그냥 풀려나느냐, 하는 것이겠지요."

"사람들은 어느 쪽을 더 바라나요?"

"그건 잘 모르겠고, 돈 많은 정 사장이 그만한 일로 벌을 받을 리 없다고들 생각하는 모양입니다."

"허어, 그럼 정 사장 돈을 먹은 사람은 바로 나 아니요?"

심재모는 헛웃음을 흘렸다. 조급해진 정 사장이 돈을 주겠다는 뜻을 비쳤지만 매정하게 잘라 버린 터였다.

"서장님, 만약 우리가 정하섭을 추격하다가 사살했다면 읍민들 반응이 어땠을 것 같습니까?"

"글쎄요, 그건 참…… 뭐라고 하기가……"

경찰서장은 난처해하며 눈치를 살폈다.

"만약 그렇게 되면 좋아하는 사람보다 좋아하지 않는 사람이 더 많을 것 같은 느낌입니다. 제 느낌이 맞는지 확인하고 싶어서 묻는 겁니다."

"예, 조심해야 할 말이지만, 제 생각도 사령관님 생각과 같습니다."

서장은 신중하게 말했다.

"내 판단이 틀리지 않군요. 전에는 못 느꼈는데, 여기 와서 보니 군인이나 경찰을 대하는 사람들의 태도가 어쩐지 이상해요. 슬슬 피하는 것도 같고, 믿지 않는 것도 같고, 미워하는 것도 같고……. 처음엔 도시 사람들과 촌사람들의 차이겠거니 했지요. 그런데 그게 아니라는 생각이 들더군요. 이곳 사람들 대부분은 군인이나 경찰을 믿지 않는다고 생각되는데, 어떻습니까, 제 판단이?"

"예, 이곳만 그런 게 아닙니다. 농촌 지역의 가난한 사람들은 거의가 군·경을 자기네 편이 아니라고 생각하고 있습니다. 특히 경찰에 대한 불신은 아주 깊습니다."

"그럼, 군·경이 지주나 부자들 편이란 생각이겠지요?"

"그런 셈이지요. 경찰한테 갖는 원한은 일정 때부터 계속되어 온 것 아닙니까."

"문제가 심각하군요. 사람들이 그런 생각을 하고 있는데, 우리가 최선을 다한들 무슨 효과가 나겠습니까?"

"나라에서 가난한 사람들이나 소작농들을 위한 정책을 하루빨리 시행해야 합니다. 그래야 군·경도 제대로 설 자리를 찾고, 공산당의 뿌리도 뽑게 될 겁니다."

"그래야 하겠지요……."

심재모는 고개를 끄덕이며 자신의 생각 속으로 빠져들었다.

현장에 와서 확인한 사실이지만 반란군은 진압된 것이 아니라 후퇴한 것뿐이었다. 전투에서 후퇴란 패배가 아니라 작전의 하나일 뿐이었다. 여수에서 군함의 포격을 받고, 순천에서 폭격기의 폭격을 받고, 지상군의 공격까지 받아야 했던 14연대 반란군은 후퇴하지 않을 수 없었을 것이다. 그들은 지리산 줄기로 방향을 잡았고, 산을 이용해 일단 위기를 넘긴 뒤에 다시 전투를 시작했다. 그 전투가 벌써 두 달 가까이 계속되고 있었다. 그런데 문제는 반란군 주력부대가 아니었다. 파견 명령을 받을 때 들은 상황 설명은, 여수에서 반란을 일으킨 부대가 바로 옆 도시 순천까지 장악했고, 그 기회를 틈타 주변 지역의 공산당 지하 세력이 일어났고, 반란군은 일단 진압되었으므로 지역의 치안을 유지하면서 소탕전을 병행하라는 것이었다. 그러나 현지 상황은 그렇게 단순하지 않았다. 적들은 진압된 게 아니라 후퇴했을 뿐이고, 대부분의 민간인은 군·경을 불신하고 있었다. 가난에 지친 그들은 세상이 어떻게 변해도 자기네들의 행불행과는 아무 상관도 없다는 듯 무관심했다. 14연대의 주모자 김지회나, 보성책 염상진이 문제가 아니었다. 공산주의자인 그들이 이루고자 하는 사회주의 혁명이 문제였고, 사회 밑바닥에 흐르는 불신이 문제였고, 그 위험을 없애기 위해 군·경이 우격다짐으로 나가는 게 문제였다.

"자네, 무슨 근심 있는가?"

외서댁을 찾아간 염상구가 자리에 앉으며 물었다.

"아니어라."

외서댁은 고개를 외로 튼 채 대꾸했다. 그녀의 짧은 한마디에는 냉기가 서려 있었다.

"보소, 내가 풀어 줄 근심이면 풀어 줄 것잉게 얼렁 말을 허소."

염상구의 목소리는 다정했다. 외서댁은 그 다정스러움이 오히려 징그러웠다. 그녀는 망설이고 있었다. 그러나 어차피 한 번은 입 밖에 내야 할 말이었다.

"애가 들어서 부렀소."

222

외서댁이 불쑥 말했다.

"낳소."

염상구는 거침없이 말했다.

"무슨 소리다요?"

외서댁은 의외의 말에 놀라 염상구를 멀뚱하게 올려다보았다.

"무슨 소리는, 내 새끼 내가 뒷수발헐 것잉께 걱정 말고 낳기나
허소."

염상구는 태평스럽게 담배에 불을 붙였다.

"무슨 엉뚱헌 소리요, 시방?"

외서댁은 그만 짜증을 냈다.

"엉뚱헌 소리? 허면 자네가 듣고 싶은 소리가 고것이 아니었드
랑가?"

염상구는 알 수 없다는 표정으로 외서댁을 내려다보았다.

"인제 발을 끊으란 말이요."

염상구는 가슴이 뜨끔했다.

"애기는 어쩌고?"

"내가 알아서 헐 일이요."

"허면, 강동식이 자식 맹글었다 고런 말인감?"

"그러요."

외서댁은 아랫입술을 물고 염상구를 똑바로 보았다.

"자네 뜻대로 허소. 그러면 총각인 나야 훨씬 이문 아니겄는가."

염상구가 느물거렸다.

외서댁은 비로소 올가미에서 벗어난 기분이었다. 남편에게는
죽는 날까지 죄로 남을 일이지만, 소문이 나기 전에 염상구를 떼
쳐 내고, 남들 눈을 속이기에는 애가 빨리 생긴 것이 다행인지도
몰랐다.

술청에서 술꾼들 떠드는 소리가 왁자하게 들려왔다. 술기운 섞인 사투리에 여러 사람의 목소리가 범벅되어 심재모로서는 한마디도 알아들을 수가 없었다. 그 왁자함 속에 자신의 존재는 이미 잊혀져 있었다. 조금 전 자신이 술집으로 들어서자 술청에 앉아 있던 사람들은 지나칠 정도로 긴장하거나 쭈뼛거렸던 것이다.

방에 자리를 잡은 심재모는 손목시계를 보았다. 약속 5분 전이었다. "정직한 사람이지. 대신에 성질이 풀 먹인 광목이야. 꺾일망정 휘진 않아." 손승호에 대한 서민영 선생의 말이었다.

"대장님, 손님 오셨구만이라."

주인 여자가 격자문을 열고 말했다.

"어서 오십시오, 손 선생님."

심재모가 일어나 손을 내밀었다. 손승호도 마주 손을 내밀었다.

"이렇게 시간 내주셔서 고맙습니다."

손승호가 자리에 앉자 심재모가 말했다. 손승호는 대꾸 없이 자리에 앉았다.

곧 술상이 들어왔고 심재모가 먼저 술을 따랐다.

"뵙자고 한 건, 이지숙 선생에 대해 좀 알고 싶은 게 있어서였습니다."

"재판 결과를 안 믿는다는 뜻입니까?"

손승호한테서 대뜸 날아온 말이었다.

"아, 아닙니다. 그냥 알아보고 싶은 게 몇 가지 있어섭니다."

"저를 상대로 탐문 수사를 하겠다는 겁니까?"

손승호는 노골적으로 불쾌감을 나타냈다.

"손 선생님, 불쾌하게 생각진 말아 주십시오. 저는 지금 공무를 수행하는 게 아닙니다. 직책상 몇 가지 의문이 있긴 한데 공적으로 처리하기 어려워서, 생각 끝에 이런 자리를 마련한 것뿐입니다. 수사는 아니니까 말씀하기 싫으면 안 하셔도 좋습니다."

"왜 하필 저를 택했습니까?"

소주잔을 단숨에 비운 손승호가 물었다. 그의 눈빛은 매서웠다.

"함께 근무했기 때문이지요."

"또 한 가지, 제 과거도 고려됐겠지요?"

"저를 일본 헌병 취급하시는군요. 그럼, 저도 불쾌해지려 합니다."

심재모는 여전히 웃음 띤 얼굴이었다.

"……제가 과민한 모양이군요." 손승호는 자조적인 웃음을 짓고는, "병원 사건 때문에 세상에 알려진 것 말고 제가 이 선생에 대해 아는 건 아무것도 없습니다. 이지숙과 안창민의 관계를 봐서는 이지숙의 사상을 의심할 수도 있겠는데, 그걸 누가 알겠습니까." 하고는 고개를 저었다.

"제가 이지숙을 의심하는 까닭은 서민영 선생 때문입니다. 이지숙이 서민영 선생이 운영하시는 야학의 선생이 됐는데, 왜 고향으로 돌아가지 않을까 하는 생각과 함께, 혹시 이지숙의 사상 때문에 서 선생님께 피해가 가지 않을까 하고 생각했습니다. 그래서 손 선생님을 만나고 싶어진 겁니다."

손승호는 수긍이 된다는 듯 느리게 고개를 주억거렸다.

"제가 남 일에 워낙 무관심해서……"

"아닙니다. 꼭 그 용건만 있는 건 아니고, 손 선생님하고 한잔할 겸, 겸사겸사였지요."

그건 또 무슨 소리냐는 듯 손승호가 심재모를 빤히 보았다.

"입에 발린 소리로 들립니까? 서민영 선생께서, 김범우 선생과 손 선생을 사귈 만한 사람들이라고 권하십디다."

손승호는 천천히 눈길을 내리깔았다.

"요런 오살 육시혀서 뻑따구를 잘근잘근 씹어 뱉을 놈아, 외상술도 하루 이틀이제 나는 땅 파서 술장사를 헐끄나?"

주인 여자의 악다구니가 찌렁찌렁 울렸다. 심재모가 눈살을 찌푸리며 고개를 가로저었다. 그런 심재모를 건너다보는 손승호의 얼굴에 웃음이 번졌다.

"욕이 듣기 거북합니까?"

"아휴, 하고 싶은 말보다 욕이 더 많으니 어찌 된 일입니까. 왜 이곳 사람들은 욕을 그렇게 많이 합니까?"

"그게 전라도입니다. 전라도 사람한테 욕 많이 하는 걸 탓하면,

욕도 못하면 무슨 수로 사느냐고 맞섭니다."

"그 말이 무슨 뜻입니까?"

"뼈 빠지게 농사지어 지주한테 다 뺏기고, 배를 곯으면서 사는 억울함을 욕으로라도 풀어야 그나마 살 수 있지 않겠느냐는 뜻이겠지요."

"경기도에도 소작인들은 있지만, 여기같이 심한 욕은 없습니다."

"……물론 농토 있는 곳에 지주와 소작인은 있게 마련이지요. 그러나 지역에 따라 그 관계가 다르겠지요."

"어떻게 말씀인가요?"

"우리나라는 예부터 농경 사회였고, 농경 사회에서 세금을 많이 걷는 곳은 쌀 생산이 많은 평야 지대일 수밖에 없지요. 강원도나 함경도에 비해 전라도나 경상도가 관청의 표적이 되는 건 피할 수 없는 일이지요. 그리고 상업이 발달한 평안도나, 경기도 같은 데서는 농업이 재산을 늘리는 두 번째 수단일 뿐입니다. 그러나 평야 지대에서는 재산을 늘리는 절대 수단이 땅입니다. 그래서 인정사정없는 지주의 착취와 수탈이 일어나고, 지주는 고리대금업까지 하게 됩니다. 평야 지대의 소작인들은 옛날부터 관청과 지주에게 이중으로 고통을 당해 왔습니다."

"이해가 갑니다. 그래서 그런지 전라도 사람들은, 어딘지 억센 것도 같고, 그러면서도 주눅 든 것도 같고, 경계하는 것도 같고,

그런 인상입니다."

"정확하게 보셨군요. 그게 다 대대로 착취를 당하며 살아온 사람들의 모습입니다. 그러나 그건 어디까지나 겉모습일 뿐이지요. 그 사람들 가슴에는 한이 맺혀 있습니다. 전라도와 경상도 땅은 옛날부터 다른 지역보다 한이 더 깊게 서린 땅입니다. 동학란이 전라도에서 일어나고, 경상도로 번진 건 결코 우연이 아닙니다. 욕으로 화풀이하며 견디고, 육자배기로 신세 한탄하며 견디고, 그러다가 도저히 더는 견딜 수 없어 폭발한 것이지요."

"손 선생님도 욕을 잘하십니까?"

"한번 들어 보겠습니까? 숨 안 쉬고 쉰 가지는 할 수 있습니다."

두 사람은 마주 보고 웃었다. 그리고 서로 술을 권했다.

"잘될지는 모르겠습니다만, 전라도를 이해하려고 노력하고 있습니다."

"예, 고마운 일입니다. 실은…… 양조장 사건을 그리 처리하지 않았다면 오늘 약속에 응하지 않았을 겁니다. 그러니까 뭐랄까, 전라도를 이해하는 것은 우리 땅 전체의 민중이 겪고 있는 수난을 이해하는 것이 될 겁니다."

"그렇군요……."

심재모가 고개를 주억거렸다.

31

읍내를 에워싼 불길

곧 눈이라도 퍼부을 듯 암회색 구름이 두껍게 덮이고 바람 끝
이 매웠다. 실가지들이 바람을 타고 우는 소리만 스산한 칠동 과
수원에 연달아 총성이 울린 것은 오후 2시께였다. 그 총격전에서
배성오는 같은 동네에서 입산한 고두일과 함께 죽었다. 심재모의
계엄군 한 명, 임만수의 경찰 토벌대 세 명도 목숨을 잃었다.

배성오와 고두일의 시체는 네 명의 군인·경찰들의 시체와 함께
군인들이 옮겨 갔다.

"이놈들아, 내 아들 죽였으면 죽은 몸뚱이나 놓고 가라. 살았을
때나 빨갱이제 죽어서도 빨갱이다냐, 이놈들아!"

사람들에게 양쪽 팔을 붙들린 과수원댁은 눈이 뒤집혀 발악하

고 있었다.

동네 사람들이 수군거렸다. "세상에나, 형제가 아니라 웬수였는 갑구만." "글쎄 말이시, 남도 못헐 일을 성이 혔으니, 귀신도 놀랄 일이요." "얌전하던 사람 어디에 그리 모진 맘이 있었는지 모르겠소." "그나저나 부모 가슴에 저리 한 맺히게 해 놓고 어찌 한 지붕 밑에서 살랑고?" "그까짓 거 걱정혔으면 동생 죽일 일 꾸몄겠어?" "어찌 그리 모진 짓을 혔을까이?" "아, 빨갱이 동생이 자기 앞길을 망친게 그랬제." "참말로 징헌 놈이시. 동생 죽이고 지 놈이 군수를 해 먹었어, 도지사를 해 먹었어. 아니, 군수고 도지사고 다 해 먹는다고 쳐. 그 맛 어지간히 꼬시겄다, 문딩이." "근디 성오 총각이 그 대장 말 믿고 자수혔다면 죽는 것은 면혔을지도 모르는디." "금메 말이시. 자수혀서 살았으면 즈그 엄니 가슴에 못 안 박고, 즈그 성 앞길 열리고, 다 좋았을 것인디." "그야 좋은 쪽으로만 생각허니께 그렇고, 자수혔다가 팡 쏴 죽여 뿔면 어쩔 것인가." "설마 그러기야 허겄는가." "설마가 사람 잡네. 염상진네가 쫓겨 간 다음에 그리 몰악스럽게 사람들을 죽일지 누가 알았드랑가?"

보성책 이해룡을 접선하고 온 하대치와 조성책 오판돌을 접선하고 온 강동식이 배성오네 과수원 끝머리 둔덕 아래서 만난 것은 어둑어둑해질 무렵이었다. 강동식이 먼저 도착해서 보니 집 쪽에서 곡소리가 들려왔다. 멀리서 보아도 초상집 분위기였다. 그

때까지만 해도 강동식은 배성오와 고두일이 변을 당했으리라고
는 생각지 못했다. 저렇게 눈이 많아서는 배성오네에서 하룻밤을
숨기는 어렵겠다고 생각했을 뿐이다. 강동식은 누구
초상인지 알아내려고 집 쪽으로 다가갔다.
　"성오야, 불쌍헌 내 새끼야, 생때같은
나이에 아까워서 어쩔거나…… 요
모진 놈아, 니 좋자고 군인 경
찰 불러서 동생 죽이는 법
어디서 배왔드라냐.

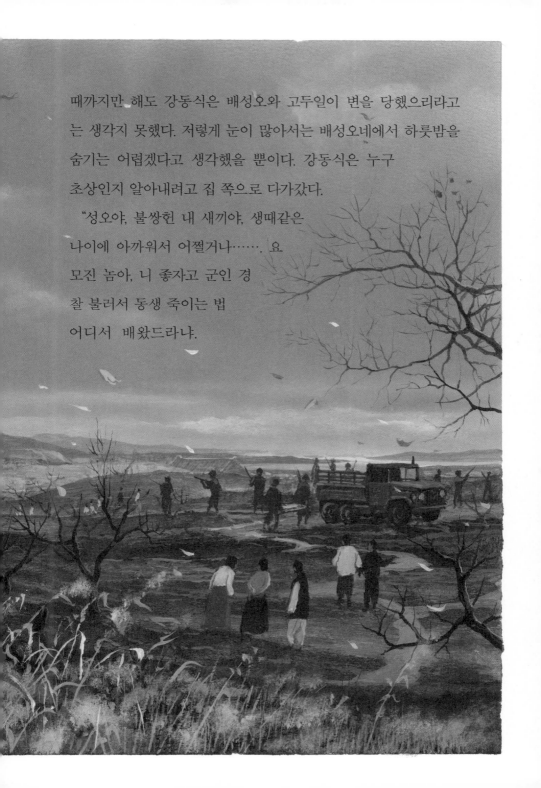

윤오 이놈아, 동생 잡아먹고 어디 처박혀 있냐. 싸게 와서 에미 죽는 꼴 똑똑히 봐라. 이놈아, 싸게 나오니라."

과수원댁의 통곡은 끊어지는 듯하다가 다시 이어지고, 멈추는 듯하다가 또 계속되고는 했다.

"워쩌?"

강동식의 간추린 말을 듣는 순간 하대치는 버럭 소리쳤다.

"참말로 뱃대지를 터쳐 죽여 배창시를 나뭇가지에 널어 까마귀가 뜯어 먹게 혀야 헐 놈이다."

하대치는 주먹을 부르쥐며 분노에 떨었다.

"우리가 이러고 있을 때가 아니시. 얼렁 여기를 뜨세."

강동식이 초조하게 말했다.

"근디, 배성오가 이 선생님하고 접선허는 임무를 끝냈는지 모르겠네."

하대치가 고개를 갸웃거렸다. 배성오의 어머니를 통해 이지숙과 접선하기로 한 일이 끝났는지 두 사람은 알 길이 없었다. 처음 계획은, 내일 이지숙과 함께 부대에 가는 것이었다.

"오늘 일로 경비가 심해졌을 것잉께 위험허시. 그냥 부대로 돌아가 보고부터 허세."

강동식이 신중하게 말했다. 그러나 하대치는 고개를 저었다.

"죽은 사람은 죽은 사람이고, 임무는 임무여. 우리가 부대로 돌

아간다면 계획이 다 허물어지는 것이여. 그리고 배성오가 임무를
마쳤는데도 우리가 그냥 돌아가면 이 선생님은 어떻게 되겠는가."

"그렇긴 헌디, 임무를 마쳤는지 안 마쳤는지 어찌 알겄냐 그것
이여."

"고것이야 이 선생님을 찾아가 보면 되제."

하대치는 무슨 단단한 물건을 콱 씹듯이 말했다.

"자네 미쳤는가? 읍내는 시방 호랭이 굴이여."

"상관없네. 빨갱이질 허면서 늑대 굴 호랭이 굴 가릴 판이었으
면 애당초 시작도 안 혔네."

하대치는 안창민을 떠올렸다. 그는 허벅지에 총상을 입고도 다
섯 동지의 안전을 위해 끝내 등에 업히지 않았다. 그때 그 사람은
'빨갱이는 이 정도로 죽지 않소.'라고 말했다. 그리고 그 약골인
사람은 결국 살아서 돌아왔다. 전부터 안창민을 보면, 사람이 힘
으로만 사는 게 아니라고 느끼고는 했는데, 그 일이 있은 뒤로는
그를 염상진 대장과 똑같이 우러르지 않을 수 없었다.

배성오의 형 배윤오는 읍사무소에 앉아 호적부를 들출 때마다
자신의 앞에 탱자 울타리가 막아서는 느낌이었다. 탱자나무 가지
마다 촘촘히 박힌 그 억센 가시들은 뚫고 나갈 수도, 뛰어넘을 수
도 없었다. 동생이 자기 인생을 망치고 말 것이라는 강박감은 날
이 갈수록 심해졌다. 여느 날처럼 그는 자전거를 타고 집으로 점

심을 먹으러 갔다. 대문을 들어서던 그는 함지박을 들고 창고로 들어가는 어머니를 보았다. 함지박에 음식이 들었다는 것쯤은 대뜸 알아차릴 수 있었다. 그는 사태를 직감하고 창고로 다가갔다. 직감은 틀리지 않았다. 그길로 그는 자전거를 되집어 타고 읍내로 달리기 시작했다.

이틀이 지난 새벽, 안방에 누워 있어야 할 과수원댁이 창고에 목을 매달아 죽어 있었다. 이틀 밤낮을 지키느라고 지친 사람들이 깜빡 잠에 빠진 사이에 일을 저지른 것이었다.

"새끼 시체나 찾아다 묻어 주고 갈 일이제, 뭣이 그리 급혀 이 사람아." 뻣뻣하게 굳은 아내의 시체를 받아 안으며 배성오 아버지의 목이 잠겼다. 배성오의 여동생은 어머니 치맛자락을 움켜잡고 발버둥치고, 중학생인 남동생은 소 울음을 토해 내며 창고의 판자벽에 머리를 짓찧고 있었다.

들몰댁은 살며시 신당 문을 열고 안으로 들어섰다. 신당 안은 어둠침침했다. 향이 타고 있지 않은데도 짙은 향 내음이 코를 찔렀다. 오랜 세월 동안 밴 냄새였다. 호랑이를 데리고 서 있는 신령님과 울긋불긋한 종이꽃들과 색색의 무복과 굿에 쓰이는 가지가지 도구들……. 들몰댁은 으스스 무섬증이 일었다. 들몰댁은 신령님 앞에 네 번 절을 올리고 단으로 다가가 제기함을 끌어냈다.

제기함 속의 제기를 다 들어내고 바닥에 깔린 한지를 걷어 내자 소화가 일러 준 대로 돈이 나왔다. 어림잡아 쌀 예닐곱 가마니 값은 될 큰돈이었다. "내 걱정 말고 그 돈으로 아그들허고 겨울을 나도록 허씨요." 순천으로 넘어가기 직전에 소화가 한 말이었다. "그리고 밤잠 깊이 자지 마씨요. 그분이 아무것도 모르고 왔다가는 큰일 난께, 들몰댁이 밤낮으로 지키다가 그분이 오면 바로 뜨게 허란 말이오." 소화의 간곡한 부탁이었다. 들몰댁은 돈을 확인만 하고 제기들을 도로 넣었다. 감방에서 고생하는 소화를 생각하면 그 돈을 쓸 수 없었다.

들몰댁은 소화 면회부터 가야 한다고 생각했다. 낙안댁과 함께 면회를 가면 여러모로 좋을 것 같아 그녀는 술도가를 찾아갔다.

"애들 외삼촌이 일을 맡어 헌께 나는 모르겠소. 허고, 그 무당 일로 날 찾아오지 마씨요."

술도가 안주인은 얼음덩이였다. 들몰댁은 한마디도 더 건네지 못하고 물러났다. 소화가 불쌍하고 딱하다는 생각이 자꾸만 가슴에 서렸다.

들몰댁은 제기함에서 돈을 꺼내 한약방을 찾아갔다. 소화의 보신을 위해 환약을 지어야 했다. 면회 때 건네줄 사식에 슬쩍 끼워 넣을 작정이었다. 들킬 수도 있다는 생각에 돈도 준비할 생각이었다. 남편이 옥살이할 때, 감옥에서는 돈으로 안 되는 일이 없다는 것을 알았던 것이다.

한약방에서 순서를 기다리던 들몰댁은 두 여자가 수군거리는 소리를 들었다. "회정리 3구 외서댁?" "그렇당께." "참말로 청년단장 애기일까?" "장본인이 헌 말이라는디?" "그놈이 제명에 못 죽을라고 환장을 헌 것이제. 그 남편 강동식이란 사람이 마누라를 끔찍허게 생각허는 데다가, 사람도 보통내기가 아니라는디, 그것을 알면 그놈을 가만두겠는가?" "고것이야 나중 일이고, 소문이 요리 아침 안개 퍼지듯 허는 판이니 외서댁이란 여자 큰 탈 났네." "참말로 빨갱이 여편네 된 것도 서러운디, 그런 꼴 당허고 소문까지 났으니, 복 쪼가리도 없는 여편네시."

들몰댁은 꼭 자신이 당한 일만 같아 가슴이 뛰었다. 외서댁과는 서로 아는 사이였다. 몇 차례 함께 잡혀 들어가 고초를 겪다 보니 얼굴이 익었고, 눈으로 말을 나누는 사이가 되었다. 외서댁은 인제 어찌 살라는고……. 들몰댁은 가슴에 바윗덩이가 얹힌 것만 같았다.

"들몰댁이 여기 온 새에 그분이 오면 어쩔라고 왔소. 내가 그리 당부혔는디."

들몰댁을 보자마자 소화가 한 말이었다.

"어찌 해필 오늘 오시겄소. 고생허실 것 뻔히 알면서 그냥 앉었을 수가 없었구만요."

238

"내 고생 막을라다가 그분헌테 화 돌아가면 어쩌란 것이요. 내가 고생해서 그분이 무사헐 수만 있다면 요런 고생이야 평생도 당허겄소."

소화는 주문을 외듯 느리고 낮은 소리로 말했다. 그녀의 얼굴은 통통 부어 있었고, 눈동자에는 핏발이 서 있었다. 들몰댁은 그런 소화를 걱정되는 마음으로 지켜보았다.

"시간 다 됐습니다."

곧 간수가 메마른 소리를 냈다.

"들몰댁, 다시는 오지 마씨요. 집만 잘 지키겄다고 약속허씨요."

소화가 황급하게 말했다.

"명심허겄구만이라. 끼니때마다 약 드시는 것 잊지 마씨요. 열 알씩이요."

들몰댁은 아까 했던 말을 다시 다짐받았다.

"고맙소, 들몰댁."

눈물이 크렁한 눈으로 소화가 돌아섰다. 소화가 사라진 뒤에도 들몰댁은 그 자리에 한참을 서 있었다.

마삼수, 노덕보, 김복동은 이른 저녁을 마치고 강동기네 아랫방으로 모여들었다. 정 사장네 집을 부순 손해배상금 장만을 위해서였다. 이미 장만해서 전한 정 사장 처남의 치료비도 꼼짝없이 빚을 낸 것이었다. 쌀 닷 가마니 값을 빚내 갖다 바치며 그들은 속이 쓰렸다. 한 사람 앞에 한 가마니 두 말 닷 되의 쌀―이런저런 잡곡을 섞어 고구마밥, 무밥, 콩나물밥으로 꾸리면 그건 새끼들하고 반 겨울을 날 수 있는 양이었다. 그 빚돈도 쉽게 낸 것이 아니었다. 가진 것이라고는 낡은 오두막집 한 채씩뿐인 그들에게 누구도 빚을 주려 하지 않았다. 더구나 지주에게 줄 배상금이라는 데 더 큰 문제가 있었다. 돈 가진 사람들 대부분이 지주인데, 그들은 이미 '상전을 몰라보고 나댄 싸가지 없는 것들'로 눈 밖에 나 있었다. 배상금을 내야 할 날짜는 바득바득 다가오고, 그들은 어쩔 수 없이 마름 허출세를 찾아갔다. 허출세는 거드름을 피우며 돈을 빌려줄 수 없다고 고개를 틀었다. 그의 속셈은 빤했다. 막다른 골목에 몰린 그들에게 더 높은 이자를 받으려는 수작이었다. 허출세는 7부 이자를 내라고 했다. 5부로 내려 달라고 네 사람은 사정하고, 간청하고, 애걸했다. 그래서 1부를 깎고, 6부 빚을 냈던 것이다.

침울한 얼굴을 맞대고 앉은 네 사람은 말이 없었다. 다시 허출세를 찾아가야 한다는 명백한 사실 앞에서 더 필요한 말이 있지도 않았다. 집을 파손한 배상금은 쌀 세 가마니 값이었다. 심 사령관은, 치료비와 수리비를 한꺼번에 배상하는 것은 무리이므로 1주일 간격으로 나눠서 한다는 합의서에 정 사장이 도장을 누르도록 해 주었던 것이다.

"또 허출세 그놈 부자 만들어 주게 슬슬 일어들 나세."

마삼수가 목소리를 길게 늘였다.

"젠장, 내가 그때 어째 참지 못허고 대가리를 치받고 들었는지……"

김복동이 휴우 한숨을 토해 냈다.

"허허, 그래도 쌈맛이야 성님이 제일 옹골지게 봤으면서 뭘 그러요. 코피 탱 풀면서 번개 치듯 박치기허고 들어가는 것이 지금도 눈에 선허요."

마삼수가 느물거렸다.

"제기랄 것, 하늘허고 땅이 딱 맞붙어 맷돌질이나 다글다글해 뿌렸으면 속이 시원허겄다."

김복동이 성깔을 부렸다.

"어허, 오기 부리지 마씨요. 나는 아직 시퍼런 청춘인디 요대로 죽기는 억울허요."

마삼수의 느물거림이었다.

"근디 염상진이 쫓겨 가기 전에, 지주들 땅을 다 뺏어 갖고 농지 분배를 허겄다고 발표허지 않았등감? 그 사람이 쫓겨 가지 않었으면 땅을 골고루 갈라 줬을랑가?"

노덕보가 밑도 끝도 없는 말을 했다.

"참말로 귀신 씻나락 까먹는 소리 엔간히 허씨요."

마삼수가 핀잔을 주었다.

"고것이 왜 귀신 씻나락 까먹는 소리여? 쫓겨 가지만 않았으면 그 사람은 그리 혔을 사람이시."

김복동이 앉음새를 고치며 눈을 빛냈다.

"그리 허고 안 허고는 쫓겨 가지 않았을 때 따져 볼 문제고, 쫓겨 간 마당에 고런 소리 허는 것이 귀신 씻나락 까먹는 소리가 아니고 뭐요?"

마삼수는 한심스럽다는 듯 혀를 찼다.

"지금 허고 있는 말이 다 귀신 씻나락 까먹는 소리여. 징역 살고 싶지 않으면 염상진이 말은 꺼내지 말어야 써."

여지껏 한마디도 없던 강동기가 화라도 난 듯 거칠게 말을 내뱉으며 일어섰다. 세 사람도 따라 일어났다. 그들 앞에는 또 허출세를 찾아가야 하는 현실이 있을 뿐이었다.

서민영에게 며칠간 집에 다녀오겠다며 벌교를 떠난 이지숙은 사흘 만에 돌아왔다.

이지숙은 이부자리에 누웠다. 피로했지만 잠은 오지 않았다. 산들이 줄기를 이루며 뻗어 나가고 있었다. 그 어떤 힘으로도 무너뜨릴 수 없는 굳건함으로 산들은 끝없이 이어져 있었다. 그것은 굳센 힘이고, 고난과 승리의 상징이고, 혁명의 승리가 어떻게 얻어지는가를 보여 주는 일깨움이었다.

이지숙은 안창민이 건강을 찾은 게 무엇보다도 반갑고 기뻤다. "따로 고맙다는 말 하지 않겠소." 자신의 손을 잡고 안창민이 조용하게 말했다. 이지숙의 가슴에 걷잡을 수 없이 뜨거운 감정의 물결이 일었다. 그것은 뜨거운 서러움이었고, 뜨거운 아픔이었고, 뜨거운 외로움이었다. 그 뜨거운 감정들이 눈물로 솟아 뚝뚝 떨어졌다. "오늘부터 떠나는 날까지 안 동무의 약 달이는 권한을 이지숙 동무한테 넘기겠소." 염상진이 껄껄 웃으며 자리를 피했다.

느직한 아침을 먹은 이지숙은 책방을 찾아갔다. 그녀는 이것저것 책을 골랐다. 그러나 그녀의 예리한 눈길은 순간순간 주인을 훑었다. 그녀는 톨스토이의 『인생독본』을 빼서 돌아섰다.

"장사는 잘되시나요?"

"말도 마씨요. 빨갱이 등쌀에 장사고 뭐고, 굶어 죽게 생겼소."

주인이 책을 싸며 대꾸했다. 그 거침없는 말이 이지숙의 신경줄을 튕겼다. 그러나 이지숙은 더 입을 열지 않고 돌아서 나왔다. 주인은 자신을 알아보는 것 같지 않았다. 이지숙은 그것이 다행스러우면서도 한편으로 미심쩍었다. 병원 사건에 조금만 관심을 기울였어도 얼굴을 알아볼 텐데…….

다음 날, 이지숙은 들몰 쪽에 있는 대원들의 집을 확인하다가 외서댁이 저수지에 몸을 던졌다는 소식을 들었다. 염상구―형제가 어쩌면 그렇게 다를 수 있는지, 이지숙으로서는 풀기 어려운 수수께끼였다. 동네 사람들이 외서댁을 건져 병원으로 옮겼는데 죽을지 살지 아직 모른다고 했다.

외서댁을 저수지에서 건져 내게 한 사람은, 경우 바르기로 이름난 왕주댁이었다. 청년단원들의 입에서 퍼지기 시작한 소문은 삽시간에 읍내 골목골목까지 퍼졌다. 으레 그런 소문이 그렇듯이, 읍내 강아지까지 다 알 지경인데도 당사자인 외서댁만 까맣게 모르고 있었다. 여자들은 뒤에서 혀가 닳도록 입방아를 찧다가도 당사자 앞에서는 시침을 뚝 떼고는 했다. 단 한 사람, 왕주댁만은 외서댁을 딱하게 여겨 어떻게 그 소문을 알려 줄지 고심했다. 며칠을 망설이고 있는데 동네로 들어서는 외서댁 친정어머니를 보았다. 외서댁 친정에도 소문이 전해진 모양이었다. 외서댁 친정어머니가 집 안으로 들어간 뒤에 왕주댁은 외서댁의 집을 맴돌았다. 작은 목소리가 한동안 이어지다가 마침내 울음소리가 흘러나오고, "죽어라, 죽어. 죽는 수밖에 없다."라는 말이 울음에 섞였다. 얼마쯤 지나 외서댁 친정어머니가 돌아갔다. 그러잖아도 일 저지르기 십상일 텐데 친정어머니까지 그렇게 몰아세웠으니 일은 예사롭지 않을 것 같았다.

그날 밤 왕주댁은 외서댁의 바로 뒷집인 중천댁의 아랫방에 쪼

그리고 앉았다. 깊은 밤에 갑자기 애 우는 소리가 들려왔다. "중천댁, 일 났는갑다!" 왕주댁이 방문을 차고 나갔다. 외서댁은 안방에도 아랫방에도 없었고 애만 자지러지게 울고 있었다. 목을 맸나 싶어 부엌과 헛간을 살폈다. 외서댁은 보이지 않았다. 저수지! 왕주댁의 머리를 스친 생각이었다. "외서댁 죽는다, 외서댁 죽는다—." 왕주댁은 방망이로 양푼을 두들기며 외쳤다. 사람들이 몰려나와 짚단에 불을 당겼다. "한 패는 저수지로 가고, 한 패는 당산나무로 가!" 사람들을 두 패로 나눈 왕주댁은 저수지 쪽으로 달렸다. 그들이 저수지에 당도했을 때 외서댁은 물 위에 둥둥 떠 있었다.

이지숙은 집으로 돌아가는 길에 일부러 병원 앞 가게로 들어가 캐러멜을 사며 지나가는 말처럼 물었다.

"누가 저수지에 빠졌다던데, 어떻게 됐어요?"

"간신히 살아났다는디, 살아나면 뭐허겠소. 그런 팔자로 살아봤자 사나 마나 헌 목숨인디."

가겟집 여자의 무심한 말이 외서댁의 앞날을 결정짓는 불길한 점괘처럼 이지숙의 가슴을 찔러 왔다. 외서댁이 또 죽으려 할지도 모른다는 생각이 머리를 스쳐 갔다.

짧은 겨울 해가 서산에 기울면서 어둠이 밀려왔다. "어, 저것이 뭐여? 도깨비불도 아니고……." 한 행인이 걸음을 멈추었다. "아

니! 저쪽에도⋯⋯." 다른 행인이 손가락질했다. "저쪽에도 있는
디." 또 다른 행인이 반대쪽을 가리켰다. 그리고 서로의 얼굴을 보
며 입을 다물었다.

징광산 상봉에 불길이 솟고 있었다. 금산 상봉에도, 제석산 상
봉에도 불길이 솟고 있었다. 세 산봉우리에서 거의 동시에 타오
른 불길은 차츰 크고 높게 솟았다. 어둠이 짙은 만큼 불길의 자
태는 또렷했고, 무척 가까워 보였다.

집집마다 사람들이 마당으로 나서서 불길을 바라보았다. 사람
들은 알고 있었다. 그 불길이 염상진네 것임을.

징광산의 불길은 보성에서도, 조성에서도 환히 보일 것이었다. 그곳 사람들도 그 불길이 누구의 것인지 알 것이 분명했다.

징광산의 불길도, 금산의 불길도, 제석산의 불길도 잠시나마 잦아들지 않고 자정 무렵까지 타올랐다. 그 불길이 꺼지자 어둠은 한결 짙어졌다. 12월 하순의 밤이 정적 속에 잠겨 들고 있었다.

〈제2부 「민중의 불꽃」, 4권에 계속〉

주요 인물 소개
소설에 담긴 역사 속 주요 사건

김범우

지주이면서도 소작인들의 존경을 받는 김사용의 아들이자 독립운동을 위해 만주로 떠난 김범준의 동생. 공산주의자 염상진과 신분의 차이를 넘어 형 동생 사이로 지내기도 했으나, 이념보다는 민족을 중요시하며 좌익과 우익 어느 쪽도 선택하지 않고 교육을 통해 사회 변화를 이끌고자 한다.

김범준

김사용의 큰아들이자 김범우의 형으로, 일제강점기에 독립운동을 하다 행방불명된 인물. 그 용맹한 행적을 기리고 흠모한 많은 사람들은 오랜 시간 그가 돌아오지 않자 만주에서 죽었을 것이라고 짐작한다. 하지만 전쟁이 일어난 후 그는 이전과는 전혀 다른 모습으로 나타난다.

정하섭

술도가 집 정 사장의 아들로 중학 시절부터 좌익 서클을 주도한 인물. 김범우와 염상진 모두와 인연이 있으나 결국 염상진의 이념을 따르게 되고, 그의 추천으로 공산당에 입당한다. 빨치산의 자금 조달 등의 임무를 맡고 있으며, 어린 시절 연모했으나 신분의 차이로 멀어질 수밖에 없었던 무당의 딸 소화와 은밀한 정을 나누게 된다.

하대치

동학 농민 운동에 가담했다가 화전민이 된 집안에서 태어난 소작인 출신 빨치산. 일제강점기에 일본인 지주를 상대로 소작 쟁의를 일으켰다가 징용에 끌려갔다 왔다. 소작회에서 만난 염상진의 사상과 됨됨이에 감화되어 빨치산이 되었다. 기민하고 용감하게 일을 처리하여 동료들의 신임을 받는다.

염상진

벌교, 보성 등지를 근거로 한 빨치산의 투쟁을 총괄하는 대장. 일제강점기에 사범학교를 졸업하고도 일제의 사상을 교육할 수 없다는 신념으로 농사를 지으며 독립운동과 적색 농민 운동을 주도했다. 해방 후 사회주의 운동에 매진하며 공산당원이 되고, 조직을 이끄는 통솔력뿐 아니라 인간적인 면모로 주변의 존경을 받는다.

염상구

염상진의 동생이지만, 형과는 정반대의 길을 걷는 인물. 첫째 아들을 중요하게 여긴 아버지의 의도적인 차별에 불만을 품고 비뚤어진 삶을 살아간다. 일본인 선원을 죽이고 도망쳤다가 해방 후 벌교로 돌아와서는 청년단장 감투를 쓰고 권력에 빌붙어 좌익 행위자 색출과 그 가족들 감시에 열을 올린다.

소화

무당 월녀의 딸로, 내림굿을 받아 무당이 된 비운의 여인. 어릴 적에 비파 두 알을 건네던 소년 정하섭에 대한 애틋한 그리움을 간직하고 살아간다. 빨치산의 신분으로 찾아온 정하섭을 도와주고, 그를 위해 헌신한다.

안창민

대지주의 손자로 염상진과는 사범 학교 선후배 사이. 학창 시절 사회주의를 신봉했지만 졸업 후에는 국민학교 선생이 되어 염상진과는 다른 길을 간다. 하지만 실상은 읍내 지하 조직을 움직이는 보이지 않는 손이었고, 결국에는 붉은 완장을 차고 염상진 무리에 합류한다.

이지숙

셋째 오빠를 통해 사회주의를 접하고 빨치산 세포로 활동하는 인물. 야학 선생으로 위장한 채 빨치산의 지령을 퍼뜨리고, 마을의 일을 은근히 빨치산에게 전하는 일을 한다. 한편으로 안창민에 대한 사랑을 품고 있다.

전명환

벌교에 있는 유일한 병원의 원장. 좌·우익에 상관없이 신념에 따라 병자를 치료한다. 빨치산인 안창민을 치료해 줬다는 이유로 경찰에 붙들려가 고초를 겪기도 하고, 한국전쟁이 일어나서는 우익으로부터 공산주의자로 의심받기도 한다.

서민영

양반이면서 직접 농사를 지으며, 독립운동을 하다 고문을 받아 절름발이가 된 인물. 해방 후 야학을 운영하며 염상진, 안창민, 김범우, 손승호 등에게 사상적으로나 인간적으로 영향을 준다. 약자의 편에 서서 그들을 돕는 일이라면 자신에게 닥칠 고초도 마다하지 않아 읍민들에게 존경을 받는다.

손승호

좌익 활동에 몸담았다가 사상의 변화를 일으키고 전향한 인물. 사회주의를 버렸으나 그렇다고 다른 이념을 선택한 것은 아닌, 사상의 공백 상태에 있다. 보도연맹 가입을 피해 서울로 올라와 친일파 관련 서적을 출판했다가 남로당 프락치로 몰린 뒤로 이전과는 다른 변화를 보인다.

심재모

좌익 척결을 위해 벌교·보성지구 계엄사령관으로 파견된 인물. 학병 출신으로, 평소 지주 노릇이나 친일을 하다 해방 후 지배 계급으로 다시 군림하는 사람들을 경멸한다. 소작인과 지주 사이에서 균형 잡힌 판단을 내리려고 노력하며, 서민영·김범우 등과 우호적인 관계를 유지한다. 하지만 지주들의 이익을 대변하지 않음으로 인해 용공 행위자로 내몰린다.

이학송

신문사 정치부 기자로 김범우, 손승호 등과 교류하는 인물. 한때 사회주의 계열 단체인 문학가동맹에 가입했다는 이유로 빨갱이로 몰려 경찰에 잡혀가 고문을 당하고 강제로 전향서에 도장을 찍게 된다. 이후 공산당 기관지인 《해방일보》로 근무지를 옮긴다.

소설에 담긴 역사 용어 정리

빨치산

1945년 해방 이후부터 1955년까지 활동한 공산주의 비정규군을 일컫는 말이다. 원래 러시아어 파르티잔(partizan)이라는 말에서 유래했는데, 이는 노동자나 농민 들로 조직된 비정규군을 뜻하는 유격대와 가까운 의미이다. 하지만 이념 분쟁 과정을 통하여 좌익 계통을 통틀어 비하하고 적대감을 조성하는 용어로 변하였고, 그 결과 '빨갱이'로 바뀌었다. 흔히 조선 인민 유격대라고 부르며, 남부군이나 공비, 공산 게릴라라는 표현도 사용되었다.

신탁 통치

강대국이 독립할 능력이 없는 나라를 국제 연합(UN)의 감독하에 일정 기간 통치해 주는 특수 통치 제도이다. 1945년 12월 모스크바 3국 외상 회의에서 "한국은 정부 수립 능력이 없으므로 5년간 미·영·중·소 4개국이 신탁 통치한다."라는 내용을 결정하였다. 이로 인해 한반도에서는 신탁 통치 반대 운동이 치열하게 전개되었고, 북쪽에서는 처음에 신탁 통치를 반대하다가 나중에 신탁 통치를 찬성하였다.

서북청년단

1946년 11월 30일 설립한 우익 청년 운동 단체이다. 월남한 이북 각 도별 청년 단체인 대한혁신청년회, 북선(北鮮)청년회, 함북청년회, 황해회 청년부, 양호단, 평안청년회 등이 통합하여 대공 투쟁을 능률적으로 수행하고자 설립하였다. 남한에는 아무 연고도 없는 북쪽 청년들을 적극적으로 포섭해 합숙소에서 공동생활을 시키면서 공산주의에 대한 그들의 적대감을 활용해 좌익 공격에 앞장서게 했다.

제주 4·3 사건

1947년 3월 1일을 기점으로 하여 1948년 4월 3일에 발생한 소요 사태 및 1954년 9월 21일까지 제주도에서 발생한 무력 충돌과 진압 과정에서 주민들이 희생당한 사건이다. 국제 연합에서 남한 단독 선거 결정이 내려지자 남한에서는 단독 정부 수립 반대 운동이 전국적으로 벌어지면서 군경과의 유혈 충돌이 발생하였다. 이때 제주도에서 경찰의 발포가 이어졌고 이에 항의하여 주민들이 총파업을 전개하였다. 이후 미 군정청이 경찰과 우익 단체(서북청년회 등)를 동원하여 무력으로 탄압하였다. 이에 맞서 좌익 세력이 무장 봉기를 일으켰고, 일부 지역에서 5·10 총선거를 무산시켰으며 좌익 세력의 유격전이 전개되었다. 그 결과 군경의 초토화 작전으로 많은 수의 무고한 주민이 희생당하였다.

대동청년단

1947년 9월 21일에 결성된 한국의 청년 운동 단체이다. 상해 임시 정부의 광복군 총사령관을 지낸 지청천(池靑天)이 당시 32개의 청년 단체들을 통합하여 결성한 청년 단체로, 8·15 광복 뒤의 혼란한 시기에 많은 활약을 하였다. 이들은 막강한 조직을 갖추고 반공 및 단독 정부 수립을 주장한 이승만 노선에 협조하였다. 1948년 대한민국 정부 수립 후 이승만의 명령으로 해산하여 대한청년단에 통합되었다.

남한 단독 정부 수립

국제연합 결의에 따라 1948년 5월 10일, 남한 만의 단독 총선거가 치러져, 국회의원이 선출되었다. 이들에 의해 헌법이 제정되고(1948년 7월 17일), 간접 선거를 통해 이승만이 대통령으로 선출되었다. 1948년 8월 15일, 이승만이 건국을 공포함으로써 대한민국이 수립되었다. 남한에서 대한민국이 수립되자 북한에서도 최고 인민 회의 대의원을 선출하고(1948년 8월 25일), 이어 북한 헌법을 채택하였다. 1948년 9월 9일, 북한은 헌법에 정한 대로 김일성을 수상으로 하는 조선 민주주의 인민 공화국 수립을 선포하였다.

반민족행위특별조사위원회

1948년 9월 22일, 대한민국 제헌 국회가 친일파를 처벌할 목적으로 특별법인 반민족행위 처벌법을 제정하고, 그해 10월 22일에 반민족행위특별조사위원회(약칭 '반민특위')를 설치하였다. 반민 특위는 친일파 선정을 위한 예비 조사 후 7천여 명의 친일파 일람표를 작성하고, 그중 전국적으로 알려진 친일파 중 도피를 꾀하는 자 체포를 우선시하였다. 그러나 친일 세력과 이승만 대통령의 비협조와 방해로 반민특위의 활동은 성과를 거두지 못하였다. 오히려 친일 세력에게 면죄부를 부여하는 결과를 초래하였고, 나아가 이들이 한국의 지배 세력으로 군림하였다.

여수·순천 사건

1948년 10월 19일 전라남도 여수·순천 지역에서 일어난 국방경비대 제14연대 소속 군인들의 반란과 여기에 호응한 좌익 계열 시민들의 봉기가 유혈 진압된 사건이다(약칭 '여순사건'). 당시 여수에 주둔하고 있던 국방경비대 제14연대 소속 군인들이 반란을 일으키며 전라남도 동부 6개 군을 점거하였다. 이에 위기감을 느낀 정부는 대규모 진압군을 파견하여 일주일여 만에 전 지역을 수복하였으나, 그 과정에서 상당한 인명·재산 피해가 발생하였다. 그리고 이 사건을 계기로 정부에서는 '국가보안법' 제정과 강력한 숙군 조치를 단행하게 되었고, 결과적으로 이승만 대통령의 철권통치를 강화하는 계기가 되었다.

농지개혁법

1949년 6월 21일, 북한에서 농지를 무상 몰수하여 농민에게 무상 분배한 농지개혁이 실시됨에 대응하여, 대한민국에서도 농지개혁을 실시하기 위하여 제정된 법률이다. 대한민국은 북한과 같이 무상 몰수와 무상 분배는 허용되지 않아 소유자가 직접 경작하지 않는 농토(소작인이 경작하는 농토)에 한하여 정부가 5년 연부보상(年賦補償)을 조건으로 소유자로부터 유상 취득하여 농민에게 분배해 주고, 농민으로부터 5년 동안에 농산물로써 정부에 연부로 상환하게 하는 이른바 유상 몰수·유상 분배의 농지개혁법을 실시하였다.

국민보도연맹 사건

국민보도연맹(약칭 '보도연맹')은 1949년 4월 좌익 전향자를 계몽·지도하기 위해 조직된 관변단체이다. 하지만 한국전쟁 발발 후 1950년 6월 말부터 9월경까지 수만 명 이상의 국민보도연맹원이 군과 경찰에 의해 살해되었다.

김구 피살

민족의 지도자였던 백범 김구 선생이 1949년 6월 26일 서울 서대문 근처 거처인 경교장에서 육군 소위 안두희가 쏜 총에 피살되었다. 조국 광복을 위해 평생을 바친 73세 노 혁명가는 남한만의 단독 정부 수립에 반대하였으며 한반도 통일 정부 수립을 위해 노력하였다. 장례식은 국민장으로 거행됐으며, 유해는 효창 공원에 안장됐다. 암살자 안두희는 무기 징역을 언도받았으나, 한국전쟁 발발과 함께 특사 조치로 석방돼 육군 중령으로 복귀하는 등 배후에 대한 의문은 풀리지 않았다.

한국전쟁

1950년 6월 25일 새벽에 북한 공산군이 남북 군사 분계선이던 38선 전역에 걸쳐 불법 남침함으로써 일어난 전쟁이다. 전쟁 초기 남한이 불리했으나 국제 연합군의 참전으로 10월 말경에는 압록강 지역까지 국토를 회복했다. 그러나 중공군의 개입으로 전쟁은 3년 1개월간 끌었으며, 1953년 지금의 휴전선을 경계로 휴전이 성립되었다.

조정래 대하소설
태백산맥 청소년판 3
초판 1쇄 2016년 11월 8일
초판 3쇄 2020년 12월 30일

원작 | 조정래
엮음 | 조호상
그림 | 김재홍
발행인 | 송영석

발행처 | (株)해냄출판사
등록번호 | 제10-229호
등록일자 | 1988년 5월 11일(설립일자 | 1983년 6월 24일)

04042 서울시 마포구 잔다리로 30 해냄빌딩 5·6층
대표전화 | 326-1600 **팩스** | 326-1624
홈페이지 | www.hainaim.com

ISBN 978-89-6574-603-4
ISBN 978-89-6574-611-9(세트)

이 도서의 국립중앙도서관 출판예정도서목록(CIP)은 서지정보유통지원시스템 홈페이지(http://seoji.nl.go.kr)와
국가자료공동목록시스템(http://www.nl.go.kr/kolisnet)에서 이용하실 수 있습니다.(CIP제어번호: CIP2016025421)